MORTELLE VENISE

Du même auteur, dans la même collection :

Croisière en meurtre majeur
La sorcière de midi
Trois cartes à abattre

HEURE NOIRE

MORTELLE VENISE

MICHEL HONAKER

RAGEOT

Cet ouvrage a été imprimé sur un papier
issu de forêts gérées durablement,
de sources contrôlées.

Une première édition de cet ouvrage
a paru sous le titre
Le démon de San Marco.

Direction artistique : Françoise Maurel

Couverture : © ventdusud - Shutterstock,
© NesaCera - Shutterstock.

ISBN 978-2-7002-5370-2
ISSN 1766-3016

Pour mes chers parents,
documentalistes accomplis,
M.

Clair de lune

Venise, mars 1536

Marcello Benvolio dut s'arrêter sous un porche. Pendant de longues minutes, plié en deux, il ne songea qu'à reprendre son souffle. Ses poumons étaient en feu, sa tête tournait. Handicapé par un embonpoint respectable, le maître embaumeur ne tenait plus sur ses jambes.

Il ôta son bonnet rouge écarlate, ô combien assorti à son teint, et tamponna son front ruisselant de sueur avec un mouchoir de batiste parfumé. Ce réconfort lui rendit un peu de son sang-froid. À coup sûr, son imagination lui avait joué un tour. Il ne pouvait s'agir que d'une illusion, née de cette étrange brume saumâtre qui ondoyait sur la lagune. Rien de plus…

Qui aurait osé le menacer ? Il était trop connu dans la cité, et même – ce qui le flattait davantage – redouté par beaucoup. Il jouissait de hautes protections et le doge en personne lui prêtait l'oreille. Non, nul homme sensé n'aurait eu l'audace de lui porter atteinte.

– Santa Virgina, je me fais vieux, voilà ! Je m'effarouche d'un rien.

Il remit dignement son bonnet en place et se posta au milieu du quai faiblement éclairé. Il scruta les volutes jaunâtres qui refluaient vers lui, sous l'effet d'imperceptibles bourrasques venues de la lagune. Tout semblait immobile, figé. Le silence n'était troublé que par le clapotis de l'eau noire sous les planches disjointes. Cette maudite eau qui s'infiltrait partout rongeait les fondations les plus solides, suintait perfidement derrière les plus riches façades. Comme la plupart des Vénitiens, Benvolio l'avait en horreur. Comme la plupart des Vénitiens, il devait s'en accommoder.

Il lui sembla soudain qu'une ombre avait remué là-bas… Sa frayeur un instant dissipée le submergea à nouveau. D'une voix mal assurée, il lança :

– Qui que vous soyez, je vous conseille de passer votre chemin, brigand ! Je suis Marcello Benvolio, le maître embaumeur ! Un mot de moi et vous êtes bon pour les galères.

Le silence seul répondit à ses menaces.

Puis derechef, ce froissement venu des airs qui l'avait si fort impressionné quelques instants plus tôt lorsque, débarquant de la gondole, il s'était retrouvé seul sur le fondamenta[1]. Il frissonna de tout son corps et se remit à courir, titubant d'épuisement.

Il tourna sur sa droite, longeant un rio[2] d'où montait un suffocant relent de pourriture. Il déboucha sur une place sombre que dominait la silhouette inquiétante d'une église. L'écho de son pas pressé résonna parmi les façades noires et aveugles. Devant lui, une masse mouvante s'égailla dans un bruissement feutré. Il poussa un cri, protégeant son visage du bras, et tourna telle une toupie affolée... avant de réaliser qu'il s'agissait d'une bande d'oiseaux des marais sans doute attirée là par l'afflux d'eaux usées.

Lorsque l'embaumeur osa lever les yeux, l'essaim avait disparu. Mais une autre inquiétude l'assaillit. Tant de ruelles débouchaient sur ce campo[3]... qu'il était à présent incapable de se souvenir par laquelle il était arrivé. Dans cette purée de pois, elles se ressemblaient toutes !

Il s'engouffra au hasard dans un passage qui glissait en pente douce. Il se jeta contre la porte d'une haute maison bourgeoise et la martela des deux poings.

1. Quai en bois bordant les canaux.
2. Petit canal transversal. Au pluriel : rii.
3. Petites places aménagées devant des églises de quartier.

– Pitié, laissez-moi entrer ! Ouvrez, signori ! Je vous donnerai une récompense !

L'écho de ses coups inutiles fut avalé par le silence. Il considéra avec désespoir ces volets clos derrière lesquels, sûrement, les habitants alertés par son tapage tendaient l'oreille. Après la tombée du jour, quiconque était menacé d'un mauvais sort ne devait chercher secours qu'en lui-même. L'égoïsme du caractère vénitien se révélait alors dans toute sa bassesse. La Sérénissime, telle qu'on la surnommait, n'était plus qu'un sphinx glacé, égaré dans ses songes brumeux, grouillant d'une vie hideuse…

Benvolio comprit qu'il était inutile de s'attarder. Il reprit sa course, rasant les murs lépreux, les bras tendus en avant, comme ivre… Soudain, il reconnut le canal San Marco, plus bas, se mirant dans un reflet de lune, et le palais des Doges festonné de torchères ! Dans un éclair de lucidité, Benvolio comprit que c'était là son seul salut. Il connaissait certaine entrée discrète, derrière laquelle se tenait toujours un garde. À toute heure pouvaient s'y présenter espions ou messagers. Souvent par le passé, le maître embaumeur y avait eu recours.

Il puisa dans ses dernières ressources. Il remonta le môle en se dandinant puis, tournant le dos à l'alignement mouvant des gondoles, traversa la Piazzetta. Les vapeurs mouvantes s'écartèrent sur son passage. Comme il atteignait l'ombre des arcades du palais, la lune perça tout à fait, inondant le dallage d'une clarté mortuaire.

Soudain sur la façade se dessina une ombre immense. Benvolio se figea net, glacé jusqu'à la moelle des os. À nouveau, ce bruit effrayant, comme un…

Terrifié, il fit volte-face, un cri au bord des lèvres.

Devant ce qui venait, il tomba à genoux et joignit les mains.

La séance plénière du Conseil s'était achevée tard dans la nuit. Selon la coutume, l'ordre du jour s'était étoffé au fil des délibérations. Quatre heures durant, sénateurs, commissaires et rapporteurs avaient tergiversé sur l'inventaire des problèmes chroniques qui depuis des siècles mettaient en péril la survie de la cité.

Qu'il s'agît de l'entretien des digues protégeant la lagune des terribles assauts de la mer ou de l'inondation des récoltes sur les îles alentour, aucun de ces sujets ne provoquait plus la moindre surprise.

Le comte Landolfini fréquentait depuis si longtemps les allées du pouvoir que l'incurie de l'administration comme le cynisme de ses concitoyens n'étaient plus pour lui source d'étonnement. Il n'avait prêté qu'une attention distraite aux débats, fixant d'un air pénétré les portraits des anciens maîtres de Venise qui s'alignaient sur le mur opposé. Il se serait bien vu à cette place laissée vacante, près de la fenêtre...

Il n'avait pas caché son soulagement quand Andréa Gritti, le vieux doge, vêtu de sa toge et coiffé de son corno de cérémonie, avait prétexté sa mauvaise santé pour remettre à plus tard les doléances secondaires. Tout en s'inclinant, Landolfini avait observé sa démarche hésitante, sa tête ballottante, tandis qu'il rejoignait ses appartements. Le vénérable prince ne passerait sans doute pas l'hiver... et s'il fallait lui trouver un successeur, Landolfini avait quelque espoir de remporter les suffrages du Grand Conseil. Ne remplissait-il pas les conditions requises pour cette charge ? La noblesse de sang, la compétence, la fortune... Peut-être pouvait-on lui reprocher, à cinquante-six ans, d'être encore un peu jeune pour une charge réservée au grand âge. Sa barbe n'avait pas assez blanchi sous le fardeau de l'État. Mais il pensait que le moment venu, quelques bourses bien distribuées compenseraient ce défaut mineur.

Pour l'heure, il se devait d'abord à sa tâche de conseiller chargé de la sécurité publique. Sitôt la séance levée, il avait regagné en grande hâte son bureau situé à l'arrière du palais et s'était absorbé dans la lecture de plusieurs rapports de police. Il annotait les longs feuillets depuis près d'une heure, à la clarté de tristes chandelles, lorsque son attention fut attirée par un bruit au-dehors. Il se tourna vers son secrétaire qui partageait sa nuit de veille, à l'autre bout de la pièce.

– Avez-vous entendu ?

Le petit homme leva sa plume, tendit l'oreille, pour en fin de compte hausser les épaules.

– Des mouettes, signore !

– Les mouettes dorment à cette heure-ci. N'était-ce pas plutôt un cri ?

Circonspect, le comte quitta sa table et se posta discrètement derrière la fenêtre qui donnait sur le fond de la piazza. Dans la clarté voilée de la lune, il distingua une forme étendue sur le dallage. Il entrebâilla la croisée. À cet instant, il crut entendre un bruit étrange. Il eut l'impression qu'une grande ombre passait au-dessus du palais, mais ce fut si furtif qu'il n'y prêta pas garde.

– Quelqu'un en bas ! s'écria-t-il.

– C'est ma foi vrai, admit son secrétaire qui s'était penché par-dessus son épaule.

– Que fait la sentinelle ? N'a-t-elle rien entendu ?

Landolfini décrocha une épée de l'écusson qui trônait au-dessus de la cheminée. Il n'avait rien perdu de ses anciennes manières de capitaine d'infanterie.

– Appelez la garde. Je descends jeter un coup d'œil.

Aussitôt, il se rua dans l'escalier de pierre en colimaçon qui aboutissait sous une porte basse surchargée de verrous. Adossée dans l'angle, la sentinelle ronflait paisiblement, appuyée sur sa hallebarde. Le comte la bouscula sans ménagement.

– Toi ! Imbécile ! Tu es bon pour aller à Chypre combattre les Turcs ! Ouvre sur-le-champ !

Sitôt que les barres métalliques furent tirées, Landolfini s'empara d'une torche et s'élança sur la place. Il ne craignait personne l'épée à la main. Mais il n'y avait pas âme qui vive dans les environs. Quand il arriva près du malheureux, il comprit que ses pires soupçons s'étaient réalisés. Sûrement une victime de ces coupeurs de bourse qui après la nuit tombée rançonnaient la cité…

Comme il le retournait, il ne put réprimer une exclamation de stupeur.

– Benvolio… Par tous les saints !

Il n'y avait plus rien à faire. Le maître embaumeur avait rendu l'âme, les mains jointes sur sa poitrine, le visage verdâtre déformé par un affreux rictus. Jamais Landolfini n'avait vu pareille expression de terreur chez un défunt. La vision avait de quoi ébranler même un soldat aguerri comme lui.

Menée par son secrétaire, une escorte portant torches et lances accourut. En découvrant le cadavre, les soldats se dévisagèrent interloqués et il s'écoula un instant étrange, durant lequel nul n'osa prendre la parole.

– Mais… C'est ce porc de Benvolio ! constata cyniquement le gratte-papier.

Landolfini lui lança un regard réprobateur.

– Je vais devoir en informer le doge.

Et le ton de sa voix indiquait clairement qu'il s'en fût volontiers abstenu.

Le mandat du doge

– Mort ? Benvolio ? Et sous nos fenêtres ?

Le doge jeta son bonnet de nuit et enfila une robe de chambre en soie de Chine. Quoique encore étourdi par ce réveil brutal, il mesurait déjà l'importance de la tragique découverte.

Depuis onze ans qu'il occupait la fonction suprême de la République, Andréa Gritti, s'il n'avait plus sa vivacité d'antan, jouissait toujours de son indiscutable acuité d'esprit. Il savait jauger sur-le-champ les répercussions politiques de chaque événement, discerner leurs conséquences immédiates de celles à venir, et agir avec autant de diplomatie que de sagesse. Cette faculté intuitive l'avait imposé tout au long de son règne comme l'un des monarques les plus avisés qu'ait connus la Sérénissime.

Jadis, il avait vaincu les Espagnols, négocié avec les Français, composé avec le pape, parfois simultanément. Grâce à lui, Venise était demeurée Venise, unique et indépendante, République naine encerclée de royaumes de géants.

Se formalisant peu du regard scrutateur de son conseiller, le vieillard se laissa tomber dans un fauteuil. Durant un court moment, seule sa respiration rauque et sifflante emplit la pièce.

– Je n'aime pas cette saison... marmonna-t-il. Les eaux montent, l'air est vicié et mes bronches me font souffrir. Croyez-vous à un assassinat ?

– Je ne saurais le dire, Votre Seigneurie. Le corps ne porte aucune trace de blessure. Il semble être mort... de peur.

– Fâcheux imprévu, grimaça le doge. L'inquisiteur Ronconi et sa suite viennent d'arriver de Rome. Il aura beau jeu de répéter qu'à Venise, l'on peut se permettre d'assassiner sous mes fenêtres sans qu'il en coûte rien. Il ne le faut pas, comte. D'autant que Benvolio nous a rendu maints services par le passé. Avez-vous quelque indice ?

– Aucun, Votre Seigneurie.

– Il nous faut une certitude. Ou certains n'hésiteront pas à insinuer que notre main est derrière cela.

– L'est-elle ?

Les lèvres du doge se pincèrent et, l'espace d'une seconde, sa mimique réprobatrice laissa percer le peu d'estime qu'il éprouvait pour son interlocuteur.

– Étrange question de votre part, comte. N'est-ce pas vous qui d'ordinaire réglez ce genre de besognes ? Nous sommes étrangers à cette affaire et vous le savez. Benvolio n'était rien. Et il ne faut jamais assassiner pour rien.

– Certains riens sont parfois de trop... et les libelles qui circulent sous le manteau vous accusent souvent de ce que la lagune pullule de cadavres lestés d'une pierre.

– Le peuple aime à penser que nous nous permettons tout. Il a raison. Mais il existe tant d'autres manières de venir à bout d'un indésirable, n'est-il pas vrai, comte ?

– Votre Seigneurie me flatte.

– Telle n'était pas mon intention. Il faut faire la lumière au plus vite sur ce fâcheux incident, et étouffer la rumeur avant qu'elle n'ait l'idée de naître.

– À quoi bon ? Il s'agit sûrement d'une mort naturelle.

– Tant de certitudes ! Pour ma part, je préfère m'en assurer. On vous prête l'intention de vouloir me succéder, comte. Oh, ne niez point ! Vos ambitions sont par trop connues... Vous dilapidez votre fortune dans l'espoir d'obtenir les bonnes grâces du Sénat. Apprenez qu'il convient de ne jamais s'exposer en pareilles circonstances. Qui sait ce que la pluie fera germer sur un sol aride ? Mandatons un enquêteur indépendant, peu enclin à nous épargner, et rendons les conclusions de l'enquête publique devant le Conseil. Ainsi nous écarterons les soupçons.

Landolfini pâlit :

– Est-ce à dire, Votre Seigneurie, que vous me dessaisissez de cette tâche ? Ne suis-je pas en charge de la police ?

– Suivez ma pensée : si notre expert parvient au but, le mérite vous en reviendra. S'il échoue, on ne pourra vous faire aucun reproche.

Landolfini s'inclina, avec la très nette sensation d'avoir été floué. Il connaissait trop l'inimitié que lui vouait Gritti pour imaginer un instant qu'il songeait à le ménager.

– Dans ce cas, Votre Seigneurie est la mieux avisée pour désigner un tel homme.

Un sourire malicieux passa sur les lèvres du vieillard.

– Je savais que vous diriez cela. J'ai déjà choisi. Mandons le cavaliere[1] Ferrucio Ardani.

Le comte accusa le coup. D'ordinaire si maître de ses émotions, il ne put s'empêcher de crisper le poing sur le pommeau de son épée.

– Votre Seigneurie ne parle pas sérieusement ?

1. Cavalier ou officier de cavalerie.

– Pourquoi non ? Je sais quel interdit frappe toujours les Ardani à Venise. Mais dix ans ont passé. Le jeune Ardani a fait la guerre contre les Français avant que de se consacrer à la science criminelle. Malgré son âge c'est un expert reconnu dans sa partie. Il a prêté ses services à maints princes dans des affaires fort complexes. On raconte même qu'il a évité un scandale au Vatican et que Sa Sainteté le pape lui en est éternellement reconnaissante.

– Ardani est un nom flétri. Le père a…

– N'est-ce pas ce que nous recherchons ? Un enquêteur intègre que nul ne pourra accuser de complaisance à notre égard ? Pourquoi vous inquiéter ? Il ne s'agit là que d'une affaire insignifiante, vous l'avez dit vous-même…

– Votre Seigneurie, je me souviens de votre attachement pour ce jeune entêté. En le mandatant, vous lui donnez l'occasion de se dresser contre nous.

– Seulement contre vous, comte ! Seulement contre vous… Si ma mémoire est bonne, vous étiez à l'origine de l'arrestation du père, sur cette dénonciation dont l'origine demeure encore trouble aujourd'hui…

Landolfini préféra ne pas relever l'allusion :

– Ferrucio Ardani est imprévisible, arrogant et de plus, c'est un hérétique notoire ! Au moment même où l'inquisiteur Ronconi est ici, ce serait pure provocation que de…

– Un hérétique aurait donc servi Sa Sainteté le pape sans qu'elle en sût rien ? Allons, comte…

Le doge trouva une carafe de porto et d'une main tremblante s'en versa dans un gobelet d'argent serti de pierreries.

– À cette heure, je ne trouverai plus le sommeil. En sortant, faites prévenir mes joueurs de luth. Qu'ils me distraient jusqu'à l'aube.

Landolfini se retirait quand Gritti le rappela de sa voix éraillée.

– Comte, je tiens expressément à ce que ce soit vous, en personne, qui alliez quérir Ardani à Vérone, où il réside selon nos dernières informations. Nul autre ne me semble mieux placé pour lui porter notre requête… et son retour en grâce.

Il vida son verre à petits traits et passa une langue gourmande sur ses lèvres jaunies.

– La grâce, comte, la grâce seule est la marque des puissants !

Landolfini s'inclina, ravalant son humiliation.

Le peintre de Vérone

– Maître ! Maître !

Piccolmano grimpait quatre à quatre les escaliers, une main serrant son chapeau, l'autre un panier de pommes qui menaçait à tout moment de répandre son contenu. Dans sa hâte, il trébucha, se heurta à la rampe, mais rien ne semblait devoir freiner son élan.

– Maître ! Maître ! continua-t-il de s'époumoner.

Le jeune garçon parvint au dernier étage de la maison et fit irruption dans un atelier tendu de tapisseries vétustes et maculées de taches multicolores. Il s'arrêta net sur le seuil, le souffle court. Absorbé dans la contemplation d'une toile posée en évidence sur le chevalet,

Ferrucio Ardani n'avait prêté aucune attention à son tapage. En équilibre sur les mains, tête en bas, il conserva une immobilité parfaite. Il paraissait à même de soutenir cette étrange posture – convenant davantage à une chauve-souris qu'à un être humain – durant des heures.

Âgé de vingt-cinq ou vingt-six ans, il possédait un corps mince et nerveux. Ses cheveux clairs, plus longs que ne l'aurait voulu la mode du moment, effleuraient le plancher. Sous l'effet de son intense concentration, ses yeux n'étaient plus que deux éclats d'améthyste et sa bouche un trait de plume.

– Maître ! Maître ! Je vous trouve enfin. Vous ne devinerez jamais qui est en ville !

Stoïque, Ardani ne broncha pas. Piccolmano comprit qu'il était dans l'un de ces états particuliers où son esprit au travail occultait tout événement extérieur. Dès lors, il devenait inutile de gaspiller sa salive. Un ouragan entrant dans la pièce n'aurait pas eu plus de chance de le tirer de sa méditation.

Piccolmano musela son excitation. À seize ans, ce n'était pas chose aisée. Il se déchargea du panier de pommes sur la table encombrée de pots de peinture et s'assit, la joue posée sur son poing, l'air boudeur. Il avait le teint sombre des enfants grandis au soleil, une chevelure noire et bouclée et des yeux toujours mobiles.

Un long moment s'écoula, durant lequel seul le murmure de la fontaine dans la cour fut audible. Soudain, un sourire victorieux se dessina sur les lèvres d'Ardani et ces mots tombèrent de ses lèvres :

– Logiquement irréfutable.

Avec une vivacité d'acrobate, il se remit sur pied, saisit une palette maintes fois bariolée, chipa un pinceau qui traînait par là et, se ruant sur la toile, se mit à gouacher fiévreusement. Quand il eut terminé, il recula d'un pas et jeta avec enthousiasme palette et pinceau à travers la pièce, sur l'une des tentures qui s'orna d'une nouvelle couleur bouton-d'or.

– J'ai fini ! exulta-t-il en se tournant vers son valet. En somme, le problème était simple. Incliner la ligne de fuite de quelques degrés, ainsi l'horizon s'en trouve naturellement éclairci, à condition toutefois de souligner le contour de la jetée avec ce vert olive. Puis, cette touche de jaune et... Qu'en penses-tu ? Cela s'intitule *Lever du jour sur le Bosphore* !

Piccolmano jeta un coup d'œil blasé sur la toile.

– Lever du jour ? On dirait un coucher de soleil. Toute révérence faite, vous ne semblez toujours pas maîtriser les couleurs gaies.

Ardani se rembrunit. Il reporta son attention sur son œuvre, traversé d'un doute.

– J'avais cru saisir cette nuance particulière qui éclaire la baie de Constantinople...

– Qu'en savez-vous ? Vous n'êtes jamais allé à Constantinople.

– Bien sûr que non, mais j'en ai rêvé et cela doit suffire. Peu importe, je finirai plus tard. Que l'esprit du grand Léonard de Vinci m'assiste.

Le jeune garçon bondit sur ses pieds.

– Vous ne jurez que par cet homme !

– Pas un homme, un génie. As-tu jamais contemplé la *Joconde* ? Moi, ce jour a changé ma vie.

– Oui, eh bien j'ai contemplé voici un instant un carrosse vénitien qui pénétrait dans cette sinistre ville...

– Vérone ? Sinistre ? Tu n'as pas les yeux pour l'admirer.

– Et vous, vous n'avez pas les oreilles pour m'écouter, grommela Piccolmano à voix basse.

– Qu'as-tu baragouiné ?

– Rien, maître... Mais je vais étouffer si je n'arrive pas dans l'instant à placer mon mot ! J'étais sur la place aux Herbes quand un carrosse a déboulé. Un officier en est descendu et s'est adressé au marchand de fruits, ce voleur de Piémontais chez qui vous m'obligez à acheter vos pommes.

– Parce que tu l'as volé autrefois et qu'ainsi tu répares tes fautes.

– Et que lui a demandé cet officier, selon vous ?

– L'endroit où j'habitais.

Piccolmano resta bouche bée.

– Eh quoi, vous étiez là ?

– Quelle autre raison t'aurait mis dans cet émoi ?

– Il ne le demandait pas pour lui-même, maître, mais pour un seigneur qui était resté dans la voiture et dont j'ai pu entendre le nom : le comte Landolfini, conseiller du doge de Venise ! Maître ! Pourquoi un si grand personnage ferait-il le voyage jusqu'à vous ?

Un voile assombrit soudain le regard du jeune artiste, sa figure prit une teinte grisâtre. Il tourna le dos à son valet et s'approcha d'un perchoir, où, dans un rayon de soleil, une colombe blanche paraissait somnoler. Il la cajola avec une douceur presque amoureuse.

– Esmeralda, ma douce amie. Il faudra que je songe un jour à te libérer. Maint beau pigeon gris doit lorgner ton plumage. Au fait, Piccolmano, n'est-ce pas l'heure de ta leçon ?

– Ma leçon ? Oh non, maître, j'ai tellement couru que j'ai les jambes fourbues. Avez-vous seulement entendu un mot de ce que je viens de vous dire ?

Le cavaliere fronça les sourcils.

– Prends la rapière que tu t'es efforcé de dissimuler derrière ce buffet. Je veux te voir à l'œuvre. N'est-ce pas toi qui rêves de devenir marchand et de faire du commerce d'épices avec l'Orient ? Sûrement le goût t'en sera venu en volant leurs bourses… Mieux que personne tu sais qu'un marchand doit protéger son bien. Qu'est-ce qu'un marchand volé ? Un poisson sans nageoires, un oiseau sans ailes, une femme sans dessous !

Depuis longtemps habitué aux sautes d'humeur de son maître, Piccolmano ne courut pas le risque de le contrarier. À contrecœur, il s'empara de son épée.

– Certes je l'avais cachée, ronchonna-t-il. Maudite corvée !

Il exécuta quelques flexions, tordit l'acier souple entre ses mains pour réchauffer la lame ainsi qu'Ardani le lui avait appris, puis se mit en devoir de mimer feintes et parades. Sans se soucier de ses gesticulations, Ardani, penché au balcon, semblait suivre avec un intérêt croissant un mouvement dans la rue.

Dans son dos, il entendit le valet pester, déjà essoufflé :

– À quoi bon m'agiter en tous sens, vous ne me regardez même pas !

– Nul besoin de te regarder ! Au frottement de ta semelle sur le plancher, je sais que ta position est incertaine, le poids de ton corps trop en arrière. En outre, le son rendu par ta lame brassant mollement l'air me laisse supposer que ton cou est trop raide et tes épaules rentrées. L'escrime, comme la peinture, est d'abord une science mathématique, fondée sur la géométrie de l'espace. On pourrait peindre avec une lame et se quereller avec un pinceau, l'effet serait le même !

– Encore une de vos théories bizarres ! Je voudrais vous y voir ! Pourquoi m'infliger ces exercices ? Quand je serai riche, je n'aurai nul besoin de savoir me défendre. J'achèterai des hommes d'armes qui veilleront sur moi en toutes circonstances...

– Ou te tueront une nuit pour voler ton or.

Ardani décrocha soudain son épée et se ploya face à lui dans une posture si parfaitement étudiée, menaçante et ironique à la fois, que le valet admiratif en abaissa sa garde.

– Ah ça ! Je crois que vous feriez un bon marchand si vous n'aviez déjà choisi une autre voie !

– N'abaisse jamais ta garde devant quelqu'un qui te menace, répliqua Ardani en faisant virevolter sa rapière.

Précipitamment, Piccolmano rappela tout son savoir. Mais le temps de trouver la parfaite assise de son talon gauche et il était déjà désarmé. Il n'avait rien vu, juste senti un courant d'air.

Il contempla sottement sa lame plantée dans l'une des solives du plafond, où elle vibrait encore.

Un applaudissement inattendu vint saluer le coup.

– Toujours aussi vif-argent ! Que n'êtes-vous devenu maître d'armes, vous auriez fait fortune !

Ardani se tourna posément vers le visiteur dont il avait deviné la présence depuis un instant. Il répliqua sèchement :

– Les maîtres d'armes ont la fâcheuse manie de donner aux imbéciles la faculté de tuer d'honnêtes gens. Il n'est pas bon d'instruire de trésors des âmes sans conscience.

Vêtu d'un pourpoint gris chamarré de velours noir qui dissimulait une longue épée de cour, le comte Landolfini s'avança au milieu de l'atelier baigné complètement par le soleil matinal. Il ôta avec élégance sa coiffe percée d'une plume, et affecta de contempler le décor de la pièce. Il apprécia d'un air circonspect la toile posée sur le chevalet :

– Ne dirait-on pas Venise ?

Puis sans attendre la réponse, il s'intéressa à Esmeralda qui, maintenant éveillée, dansait d'une patte sur l'autre en roucoulant.

– Charmant volatile…

Piccolmano tira la manche de son maître.

– C'est lui, l'envoyé du doge !

Ardani ne répondit rien. Il ne quittait pas le visiteur des yeux. Sa petite inspection achevée, le comte se posta devant lui :

– Vous avez changé ! Le godelureau de jadis a cédé place à un homme plus mûr... sinon tout à fait réfléchi.

– Laisse-nous, Piccolmano !

L'injonction n'admettait aucune repartie, aussi l'adolescent, à contrecœur, s'empressa-t-il de disparaître. Landolfini poursuivit sans s'émouvoir :

– Ah, je me souviens... Rarement le palais des Doges connut page si brillant, d'une intelligence si fine, la langue toujours prompte, à peine moins que l'épée... promis à une destinée peu commune. Au lieu de cela, vous voici croupissant au fond d'un atelier d'artiste ! Tttt-tttt...

– Mieux que personne vous connaissez les raisons de mon départ de Venise, comte. Ma famille n'y était plus en grande estime, après que vous eûtes répandu certaine rumeur...

– Rumeur, dites-vous ? J'ai établi la preuve irréfutable que votre père se livrait à de la contrebande de bois, ainsi que mon devoir le commandait. Il est regrettable que vous seul n'ayez voulu vous rendre à l'évidence, même si je peux comprendre l'aveuglement d'un amour filial. J'avais espéré vous retrouver mieux disposé à mon endroit...

Ardani eut un rire amer.

– Mieux disposé ! Mille existences ne sauraient me faire oublier vos torts. Vous l'espériez ? Vous êtes venu avec trop de hâte.

Il désigna le pourpoint de son interlocuteur.

– Tant de hâte d'ailleurs que vous avez pris la route la plus courte, en longeant les marais de nuit, la vitre baissée, sans doute pour mieux haranguer le cocher. Les pétales qui ornent vos manches et votre col sont typiques des herbes qui bordent cet endroit.

– Toujours cette surprenante faculté d'observation ? Excellez-vous aussi dans l'art de devinettes moins enfantines ?

Ardani s'assit sur la table, prit négligemment une pomme dans le panier abandonné et la fit rouler sur son bras avant de la croquer.

– La réponse est non.

– Non ? s'exclama Landolfini surpris. Non à quoi ?

– Retournez à Venise et dites au doge que je n'ai nul motif de le servir. J'ai le privilège de choisir qui loue mes services.

– Avant même que je vous aie exposé les raisons qui...

– Je les connais. Quelque affaire compromettante qui s'est produite et le vieil Andréa Gritti craint qu'elle ne s'ébruite, ou qu'on l'en accuse injustement. Il vous a envoyé me quérir, car c'est un habile tacticien. Je suis le seul qu'on ne peut soupçonner être corrompu par ses largesses. Il mise paradoxalement sur ma vieille haine pour me voir accepter. Une grâce gonfle votre poche secrète, sous votre bras gauche. Mais la réponse est non, comte, et je crois que vous m'en savez gré, car c'est bien à contrecœur que vous avez souscrit à cette démarche.

Landolfini eut un sourire.

– J'ai en effet tout tenté pour dissuader Sa Seigneurie. Mais je ne suis guère en cour ces temps-ci.

– Sans doute parce que vous visez sa succession ?

Le sourire du comte s'effaça.

– Trêve de persiflages ! Est-ce là votre réponse définitive ? Je la rapporterai telle que. Prenez garde qu'il prenne mal votre refus.

Une fraction de seconde, une dureté insoupçonnable figea les traits d'Ardani :

– Je ne suis plus le page d'antan, Landolfini, que l'on poussa dans un esquif à la nuit tombée sous la menace des hallebardes. Mieux vaudrait qu'avant de songer à me nuire, le doge lui-même réfléchît à deux fois. J'ai été ravi de vous avoir revu, comte. Il restera entre nous certain contentieux qu'il faudra régler un jour, vous en conviendrez.

Le conseiller lui fit face, une main sur son épée :

– Est-ce seulement cela ? Eh bien, cavaliere, souffrez que nous réglions la chose à l'instant. Ne tenez-vous pas une lame ? En garde ! À moins que votre escrime ne soit juste bonne à désarmer les valets…

Ardani termina sa pomme et jeta le trognon par la fenêtre. Il se planta devant le comte et quoique plus petit, il n'avait pas l'air moins redoutable.

– Le temps viendra, déclara-t-il en le fixant au fond des yeux. Soyez-en sûr. Mais au jour voulu par moi. Et il n'est pas encore arrivé.

Landolfini haussa les épaules, railleur, et s'apprêtait à tourner les talons lorsque le jeune homme applaudit de façon théâtrale.

– Bravo ! Admirable ! Votre sortie est superbe ! Quel art consommé de la diplomatie ! Ce vieux renard de doge a vu juste en vous envoyant à moi, comte. Aucun autre émissaire ne m'eût convaincu !

Le comte le dévisagea, stupéfait.

– Comment ? Vous acceptez ? Pourquoi ce revirement soudain ?

– Parce qu'il me donne une occasion de vous chagriner. Vous pensiez tenir une victoire. Il me plaît de vous la refuser. Piccolmano !

Le valet réapparut, haletant. Ardani le saisit par l'oreille.

– Veux-tu me faire croire, maraud, que tu as monté les étages ventre à terre, quand tu te tenais tapi tout ce temps derrière la porte à épier nos paroles ? Prépare nos malles sur l'heure. Et n'oublie pas Esmeralda. Nous partons pour Venise.

Le regard du jeune garçon s'illumina.

– Venise ? Ah, maître ! Quelle bonne nouvelle ! Je peux bien vous l'avouer : Vérone me tue.

Il fila dans la chambre voisine en chantant à tue-tête. Ardani revint au comte :

– Je tiens à arriver avant la nuit…

– Il va sans dire, répliqua Landolfini, dépité.

Depuis quelque temps, rien n'allait comme il le souhaitait.

Conciliabule

Lancé à toute allure sur la route cahoteuse, le carrosse soulevait des nuages de poussière. Le cocher fouettait sans relâche ses chevaux depuis le dernier relais. Faisant fi de l'inconfort, Ardani avait écouté d'un air impénétrable l'affaire qui lui était détaillée.

– Ainsi que vous le voyez, conclut le comte, tout porte à croire qu'il s'agit d'une mort naturelle.

Le front baissé, le regard dans le vague, Ardani ne répondit pas sur-le-champ.

– Marcello Benvolio, le fameux maître embaumeur, l'homme qui aimait les mortes… au point, dit-on, qu'il passait plus de temps avec elles qu'avec les vivantes.

– Des rumeurs sans fondement et vous le savez. À Venise, on soupçonne toujours le pire.

– Souvent à juste titre.

– C'était un homme très pieux.

– Quelle étrange mansuétude venant de votre part, comte. Comme s'il n'était de pire scélérat celui qui, ayant accompli ses forfaits, s'en va à l'église porter des cierges. Mieux vaut être un honnête mécréant qu'un dévot indigne.

– Il est mort les mains jointes, en remettant son âme à Dieu !

– Ou suppliant celui qui le délivrait d'une vie infâme.

Landolfini eut un sourire crispé.

– Vous n'avez pas changé ! Quand nous serons arrivés, prenez garde à ce que vous direz. En ce moment même, Venise s'honore de la présence d'un inquisiteur de renom, Ronconi. Un terrible dominicain armé d'une main de fer et d'un cœur de pierre. Il ne ferait de vous qu'une bouchée.

Ardani hocha la tête :

– Je hais les inquisiteurs. Je les ai maintes fois vus à l'œuvre, massacrant et torturant de pauvres gens au nom d'une foi qui prétend les secourir. Si Dieu existe, qu'il se voile la face devant leurs abominations.

Landolfini le dévisagea sans mot dire, ne sachant s'il devait s'offusquer ou se réjouir de propos aussi sacrilèges dans la bouche d'un ennemi.

Ardani poursuivit :

– Vous n'avez rien entendu d'autre cette nuit-là ?

– Des oiseaux qui s'envolaient. Une ombre, rien qu'un instant...

Ardani n'insista pas. Il se pencha par la portière, soudain attiré par le paysage qui venait d'émerger au détour de la route. Venise s'offrait à ses yeux, dérivant au loin sur la lagune parsemée d'îlots pareils aux débris d'un naufrage. La tour de l'Horloge flottait au-dessus des nuages de brume, telle l'hallucination d'un poète. Les canaux miroitaient de feux pourpres sous la caresse du couchant, et leurs reflets ondulaient sur les façades ocre des palais.

– Ah, maître, quel ravissement ! s'écria Piccolmano juché sur le toit du carrosse en compagnie de l'officier.

– Mille grâces, cachant autant de vices... murmura Ardani.

Il faisait nuit noire lorsque l'embarcation longiligne accosta devant le palais. Ardani s'avança entre les deux colonnes surmontées l'une du lion, l'autre de Théodore, emblème de la ville, suscitant chez les rares passants un regard soupçonneux. Aucun Vénitien ne passait jamais là, craignant de s'attirer le mauvais sort. Mais le jeune homme n'avait cure des superstitions. Il considéra la Piazzetta qui s'ouvrait devant lui et au bout la piazza San Marco. Il éprouva une impression singulière.

– Je pensais ne jamais revenir. Comme je hais ce lieu…

Une volée de porteurs munis de flambeaux surgit de sous les arcades, se chargeant des bagages.

– Un instant, les arrêta le cavaliere. Où portez-vous cela ?

Landolfini intervint :

– Sa Grâce avait songé que vous accepteriez l'hospitalité du palais…

– Rien ne serait plus fâcheux. J'ai pour habitude de ne pas dîner à la table de mes hôtes. Installez-moi à l'auberge Galleria. Piccolmano, veilles-y. Je te rejoindrai plus tard.

Landolfini leva les yeux au ciel avec agacement.

– Votre attitude sera mise au crédit d'un orgueil déplacé.

– Ou à celui d'une juste précaution. J'ai pu noter que les palais sont les endroits rêvés pour se faire assassiner.

– À votre guise.

Ardani fut conduit à l'arrière du palais, dans l'ombre de la basilique.

– C'est ici que nous avons trouvé le corps, indiqua le comte.

Ardani contempla le passage tranquille, déjà désert à cette heure, s'arrêta sur la porte basse nichée sous les arcades.

– Est-ce toujours l'entrée des espions ?

– Vous avez bonne mémoire.

– Il a plu. S'il restait un indice, il a été effacé.

– J'ai pris soin d'inspecter personnellement les environs. Il n'y avait aucun indice, je vous assure. D'ailleurs, je vous le répète, il doit s'agir d'une mort accidentelle. D'ici deux jours, vous en conviendrez et pourrez retourner à vos barbouillages !

– Rien n'est moins sûr. L'observation, comte. Tout n'est en somme qu'affaire d'observation. Avez-vous remarqué que les oiseaux des marais ne fréquentent pas ce périmètre ? Leurs excréments sont concentrés plus bas, près du môle. Par commodité, ils nichent près de l'eau dont ils tirent leur pitance de petits poissons et de crustacés.

– Quel rapport avec notre affaire ?

– Peut-être aucun.

Ardani examina rapidement les bâtiments alentour avant que de consentir à suivre son guide à l'intérieur. Landolfini le conduisit à travers de hautes galeries lambrissées. Un chambellan leur fit gravir le dernier escalier de marbre qui menait aux appartements du doge.

– Comte Landolfini et le cavaliere Ardani !

Andréa Gritti les reçut en simple habit d'intérieur, un bonnet blanc enfoncé jusqu'au milieu du front. Un personnage maigre et austère, vêtu d'une robe noire surlignée d'une frise de dentelle blanche, se tenait à ses côtés. Observant son dos légèrement voûté, son crâne rasé et ses joues trop blanches, Ardani en déduisit qu'il devait se trouver en présence de l'inquisiteur Ronconi. Celui-ci tendit dans sa direction un cou interminable qui le faisait ressembler à quelque vautour avide et curieux.

– Voici donc votre... enquêteur ? Votre Seigneurie, il paraît si jeune...

– C'est bien lui, indiqua le doge et un sourire indulgent ombra un instant ses lèvres. Ferrucio Ardani...

Le jeune homme esquissa un vague salut à l'adresse du prince, sans baisser les yeux. Le détail n'échappa guère à l'ecclésiastique :

– Il a le cœur trop fier, jugea-t-il sur un ton de remontrance.

– La fierté n'est-elle pas le juste signe d'une âme de valeur, mon père ? repartit Ardani. Seule la vanité est à blâmer qui, sous des atours trop riches, s'efforce de rehausser un terne mérite. Vous qui appartenez à l'ordre des Dominicains admettrez volontiers cela.

Le visage de Ronconi se crispa. Le doge préféra couper court à l'échange :

– Je vous sais gré, cavaliere, de nous apporter votre concours dans cette triste affaire. J'imagine que vous aviez maints motifs pour refuser. La République n'est jamais ingrate envers ceux qui la servent loyalement et saura vous prouver sa reconnaissance. Votre prix sera le nôtre. Nous avons entendu parler des services que vous avez rendus, tant sur les champs de bataille que dans certaines cours de nos augustes voisins lombards ou piémontais. Le père Ronconi, représentant de la sainte Inquisition de Rome, assistera à notre entretien. Il est notre hôte pour quelque temps et désire s'instruire davantage sur nos manières.

– J'ai été mis au fait de ce curieux décès, commenta l'inquisiteur. Une telle mort ne peut qu'être l'œuvre du démon.

Le doge ponctua malicieusement :

– Le comte Landolfini ici présent soutient au contraire qu'il s'agit d'une mort naturelle.

Landolfini se hâta de se tirer du piège tendu.

– C'est l'une des explications qui m'est apparue comme la plus probable, répondit-il avec prudence.

À l'évidence, il ne tenait guère à contredire le redoutable dominicain.

– Mais en somme, poursuivit Gritti, la cause importe peu. L'inacceptable est que la chose se soit produite sous nos fenêtres. Sachez, mon père, qu'à Venise on ne transige pas avec la loi. Elle s'applique à tous indifféremment et avec la même rigueur.

Ronconi n'avait pas détaché son regard d'Ardani. Il lança :

– Ne seriez-vous pas l'un de ces théoriciens qui, fervents de prétendues observations scientifiques, affirment que la Terre n'est pas plate, mais ronde ? Qu'elle tournerait autour du Soleil quand les saintes Écritures laissent entendre le contraire ? De ceux qui nient jusqu'à l'existence de Dieu ?

Le jeune homme était sur le point de répondre lorsque le doge intervint à nouveau :

– Ainsi que je le disais en préambule, mon père, le cavaliere a par le passé résolu bon nombre d'affaires criminelles. Ses talents pour le raisonnement sont connus et appréciés. Il a rendu service au Vatican et s'est attiré les faveurs du Saint-Père…

Cette mention, fort opportune, ramena un sourire sur les lèvres de l'inquisiteur.

– En effet. Je l'oubliais. Pardonnez ma suspicion mais il convient de traquer l'hérésie avec la plus grande détermination car elle se cache partout, sous le manteau du prince comme sous la chemise du mendiant, plus vile, plus scélérate que jamais. Plaignez-nous, nous qui avons en charge d'éradiquer pareil fléau ! Veuillez m'excuser. Le voyage m'a un peu fatigué.

Il s'inclina légèrement et, les mains jointes, prit congé avec une attitude d'humilité par trop exagérée. Après son départ, Ardani se tourna vers Gritti.

– Votre Seigneurie, souffrez que j'aille droit au but : pourquoi la mort d'un personnage aussi insignifiant que Benvolio requiert-elle mon concours ?

Le doge se renfonça dans son fauteuil.

– Cavaliere, Venise fut fondée jadis par une poignée de fugitifs pourchassés par les barbares. Ils se réfugièrent sur ces îles insalubres qu'ils consolidèrent de leur mieux pour se protéger de la menace. De cette terreur primitive, il est resté quelque chose. Venise n'a jamais cessé de trembler. Sa puissance s'étend aux confins de l'Orient et cependant, elle ne cesse de craindre pour ses intérêts. Sur le continent, elle doit se préserver des ambitions françaises et espagnoles en observant une neutralité de bon aloi. Sur les mers, elle doit faire face à la voracité des Turcs qui menacent ses comptoirs et sabordent son commerce. Notre solidité vient de notre union. Et en ces temps troublés, mieux vaut qu'aucune ombre ne sème la discorde au sein du Sénat. Benvolio était connu et respecté. Chacun savait qu'il était un informateur dévoué à la République. Sa mort est survenue à un mauvais moment, et dans un mauvais endroit. Est-ce hasard ou provocation délibérée ? Il nous faut les coupables. D'autant que la sainte Inquisition est dans nos murs. Elle rêve depuis des siècles de dicter sa loi ici, sans jamais y être parvenue. Je ne suis pas dupe des intentions de mon hôte. Tel un loup, il renifle partout, l'air de rien, cherchant de quelle faiblesse jouer… Il convient donc de nous montrer sous notre meilleur jour. Et faire vite. Peut-être le comte a-t-il raison ? Peut-être n'est-ce qu'une mort accidentelle… Ce sera à vous d'en administrer la preuve.

– Que l'on procède à une autopsie, suggéra Ardani, et nous saurons.

Le doge tressaillit :

– Ouvrir un cadavre ? Ignorez-vous que l'Église interdit formellement un tel acte, qu'il est passible du bûcher ? Que des praticiens embaumeurs s'y livrent dans le secret de leurs ateliers n'engage pas notre responsabilité. Mais c'est autre chose que l'État vénitien, sous les yeux d'un des plus redoutables inquisiteurs d'Italie, s'y risque !

– Votre Seigneurie, il m'a été rapporté au contraire que dans l'espoir de chercher l'endroit précis où se tenait l'âme, certains chirurgiens avaient obtenu dérogation. Le grand Léonard de Vinci lui-même eut mandat pour pénétrer ce mystère, d'ailleurs en vain.

– Impossible, cavaliere ! s'emporta le doge. À moins que vous ne teniez fort peu à la vie.

Il fit un geste pour congédier Landolfini qui savourait discrètement cet échange.

– Allez vous reposer, comte. Le voyage vous a sûrement éreinté…

Le conseiller s'éclipsa, convaincu qu'Ardani filait lui-même la corde pour se pendre.

Dès qu'ils furent seuls, Andréa Gritti ôta son bonnet d'un geste las et caressa distraitement son crâne chauve, parsemé de taches mauves.

– Le fil du temps a toujours raison de celui de l'épée, murmura-t-il, conscient d'être observé. La vieillesse est chose abjecte, qui dessèche la peau sur les os, rend la parole indocile et le geste tremblant. Une mégère affreuse et sournoise… Ces jours-ci, je ne cesse de songer au passé, à l'époque où je galopais sur les champs de bataille, piétinant les Espagnols et leur tranchant la tête d'un coup d'épée. Je me rappelle l'odeur de la poudre, le fracas de la mitraille. L'orgie des soldats après la victoire… Vous avez connu cela vous aussi, à ce qu'on m'a dit.

– J'en garde une image moins poétique.

– Comme ces toiles de Léonard de Vinci, le souvenir de la guerre ne peut s'apprécier qu'avec un certain recul. Admirez-vous toujours autant ce grand maître ?

– Certes. Je l'ai pris depuis fort longtemps comme modèle, sans avoir, je le crains, son génie visionnaire.

– J'eus l'honneur de le rencontrer lorsqu'il vint à Venise, sur la demande d'un de mes prédécesseurs, présenter un projet de défense de la cité. J'étais encore novice. Quel homme hors du commun, né pour exister dans un siècle futur…

– Votre Seigneurie, je me dois de vous parler franchement. Je n'éprouve nulle affection pour Venise, ni pour votre personne. Je ne suis revenu que dans l'espoir d'obtenir la réhabilitation du nom de mon père, condamné injustement jadis par une dénonciation calomnieuse fournie par celui qui est aujourd'hui l'un de vos conseillers les plus proches. J'affirme solennellement que le comte Landolfini a monté cette affaire de toutes pièces pour évincer un dangereux rival politique. Mon père était la droiture même. Il ne s'est jamais rendu coupable de cette contrebande de bois dont on l'a accusé.

– Pourtant, une lettre signée de sa main fut retrouvée sur l'un des comparses arrêtés.

– Un faux grossier.

– Le bois est l'or de Venise. Il fortifie nos digues, soutient nos palais et fait flotter nos navires. Voler du bois n'est pas seulement un délit, c'est un crime contre la cité. Votre père fut déclaré coupable.

Ardani serra les poings.

– Certes, et il se pendit de désespoir. Quant à ma mère, elle le suivit de peu dans la tombe, à Vérone.

– Ce dut être un terrible coup pour vous. Vous étiez très jeune. J'aimais vos parents. Ils comptaient parmi mes meilleurs amis. Mais je ne puis faire réhabiliter votre nom qu'à la seule condition que vous apportiez des preuves nouvelles dans cette pénible affaire. Après l'enquête, demeurez à Venise aussi longtemps qu'il vous plaira.

– Votre Seigneurie consentira-t-elle à me signer un blanc-seing me donnant accès à tout lieu, tout personnage, fût-il haut placé ? Je désire également examiner le corps de Benvolio…

– Sans l'autopsier, précisa finement le vieillard.

– Je me plie à la volonté ducale.

Gritti le considéra avec méfiance, mais n'en apposa pas moins son sceau au bas du document demandé.

– Voici. Et une somme d'argent pour couvrir vos frais.

– Où puis-je examiner le cadavre ?

– Je crois que Benvolio a été porté dans son propre atelier, à la maison des Morts…

– Je m'y rends sur-le-champ.

– Un instant !

Le jeune homme qui avait à moitié franchi le seuil de la pièce se retourna. Le doge avait quitté son fauteuil et se réchauffait les mains au-dessus de l'âtre.

– Se croirait-on au printemps ? soliloqua-t-il. Il fait un froid du diable. Ardani, je déplore ce qui s'est passé voilà dix ans. Cette mesure qui vous a frappé jadis, je devais la prendre. Même si je n'ai jamais été dupe des manigances de Landolfini.

– Celui-là, j'en ferai un jour mon affaire.

– Chhh... Ici, les murs écoutent. Cette incorrigible liberté que vous accordez à votre langue vous jouera des tours. Quand apprendrez-vous ? Comme le chien trop bruyant, la parole se doit d'être muselée. Après, il est trop tard pour se plaindre d'une infortune dans laquelle votre imprudence vous a jeté. Ne vous avais-je pas enseigné ces choses autrefois, lorsque vous veniez, jeune page, faire mon portrait ? Ah, j'oubliais... Si vous désirez retrouver certaine personne, j'ai ouï dire qu'elle s'était retirée au couvent Della Pieta, sur l'île de Burano.

Ardani ne put réprimer un haut-le-corps, comme s'il venait d'être transpercé d'un poignard.

– Bonne nuit, Votre Seigneurie.

Il se retira avec une envie de vomir tordant ses entrailles. Le couvent Della Pieta...

La peste soit de Venise !

Les ombres de la mémoire

À l'auberge Galleria, Ardani trouva Piccolmano endormi sur les malles, ronflant la bouche ouverte. Perdu dans ses rêves, il n'entendit pas son maître entrer et sa surprise fut si grande lorsque celui-ci le secoua qu'il chut lourdement de son perchoir.

– Hein ? Quoi ? Ah, c'est vous ! Déjà de retour ?

– Eh bien, tu n'as même pas défait nos affaires ?

– Excusez-moi ! Le voyage m'a rompu.

Le cavaliere le considéra avec indulgence.

– Aucune importance. Laisse ce fatras. Je dois ressortir.

– Comment ? Emmenez-moi !

– À l'instant, tu te disais fourbu !

– Ma première nuit à Venise ! Vous ai-je assez dit que l'air de Vérone ne me convenait pas... Si peu de gaîté, si peu de fêtes ! Ici au moins, tout semble sourire ! J'ai espoir de conquérir quelque jeune servante pas trop farouche ! Venise est un rêve ! Comment faites-vous pour demeurer insensible à tant de charme ?

Ardani haussa les épaules avec dédain.

– Venise est tel un scarabée : sa carapace aux couleurs vives laisse croire qu'il est le joyau du monde. Mais si par mégarde on le renverse, on découvre alors un abdomen blanc qui suinte de fiente si par mégarde on le presse...

Piccolmano secoua la tête.

– Ce n'est pas tant Venise que vous haïssez mais les expériences malheureuses que vous y vécûtes autrefois.

– Qu'en sais-tu ?

– Vous n'avez jamais rien voulu m'en dire, mais j'ai entendu... oh, bien malgré moi, votre conversation avec le comte !

Ardani s'approcha de la fenêtre et contempla la nuit fraîche et venteuse.

– Mon père était jadis l'un des conseillers du doge et son ami. Il combattit à ses côtés contre les Espagnols. C'était un homme droit et sévère. Il n'était pas de ceux qui jouent et taquinent. Il m'enseigna mille choses à un âge où l'esprit ordinaire se contente de musarder. Je tiens de lui mon goût pour le raisonnement et la logique. Il méprisait l'ignorance, et croyait aux vertus de la science et des mathématiques. Grâce à son influence, j'entrai à treize ans comme page au palais. Très vite, ce que d'aucuns nomment mes talents me valut d'être apprécié par des personnages influents. Le doge lui-même me prit en affection. Il venait d'être élu, tout auréolé d'une gloire conquise sur les champs de bataille. Car Andréa Gritti fut un héros comme cette cité en connut peu. Aux Espagnols, il reprit un jour Padoue à la tête d'une armée en lambeaux au cri de « San Marco ! ». Cette clameur suffit, dit-on, à chasser l'occupant. J'avais une grande admiration pour lui. Nous nous voyions souvent. Je faisais son portrait. De simple page, je devins une sorte de confident, de messager. Mais l'odeur des mitres vérolées et des capes souillées de sang, le son des écus sombres glissant dans les poches trop avides me convainquirent bientôt que je n'étais pas fait pour la politique. Je venais d'avoir dix-huit ans quand mon père fut accusé d'avoir détourné et vendu un chargement de bois à la ville de Gênes, la rivale de toujours. Il fut dit, sur la foi de témoins achetés, qu'il organisait cette contrebande depuis longue date. Des documents furent produits, des faux étalés sur la place publique. Un présumé comparse fut condamné à mort, mon père aux galères. Il ne supporta pas ce jugement inique. Quand le comte Landolfini vint chez nous pour le conduire à la prison, il le trouva pendu dans sa chambre, au palais que nous occupions et qui est aujourd'hui le sien. Ma mère et moi dûmes quitter la ville en abandonnant nos biens. Pire, je dus laisser derrière moi une fiancée qui était tout mon bonheur. Voilà l'histoire.

Piccolmano se sentit profondément touché par ce récit.

– Une fiancée, dites-vous ? Pourquoi ne vous a-t-elle pas suivi ?

– Elle appartenait à une noble famille qui la contraignit à prendre le voile sur l'heure. Comprends-tu à présent pourquoi j'ai tant de haine pour cette maudite cité ? Allons, trêve de bavardages. Je dois me mettre à l'ouvrage.

– Je vous accompagne.

– Si cela te chante. Mais emporte ta dague.

– Quoi ? Avons-nous quelque danger à affronter ?

– Regarde par cette fenêtre, animal ! Nous sommes à Venise, ici. La grande prostituée de l'Italie ! Tout n'est que vice et bassesses ! Sortirais-tu nu à Vérone ? Alors ne sors pas désarmé à Venise !

Devant l'auberge, un collier de gondoles se balançait doucement, bercé par le vent. Ardani éveilla l'un des bateliers et fit miroiter un beau ducat sous son nez.

– Conduis-nous à la maison des Morts ! Nous y sommes attendus sans retard.

Le passeur esquissa une grimace, considéra le ducat dans le creux de sa main comme s'il s'était brusquement réduit. À n'en pas douter il connaissait la réputation peu flatteuse de l'endroit.

– Signore, j'espère que vous ne craignez pas pour le salut de votre âme. C'est la maison de l'embaumeur Benvolio ! Il se passe en ces murs des choses qui feraient frémir tout cœur de bon chrétien.

Il se mordit les lèvres, craignant d'en avoir déjà trop dit et, s'arc-boutant sur sa longue rame, s'engagea dans le dédale des rii[1].

Piccolmano se pencha à l'oreille de son maître.

– Je n'ai pas compris où nous allons... Est-ce un tripot ? Une maison de perdition ?

– Exactement cela, mon ami ! s'esclaffa le cavaliere. Une maison de perdition !

Tandis que l'étrave effilée de l'esquif fendait les eaux huileuses du Gran Canale, des processions de flambeaux fleurissaient le long de la rive.

1. Voir note page 13.

Des étudiants ivres hurlaient des chansons à boire ; des libertins, sous l'anonymat de masques blancs, rivalisaient d'esprit grivois avant que de pénétrer dans des maisons trop éclairées. Devant un palais, des joueurs de viole donnaient l'aubade. Sur un campo fusaient les rires et les éclats de quelque théâtre de rue. Plus loin sous de sombres arcades soupiraient des amants éphémères.

Venise…

La maison des Morts

La maison des Morts apparut au détour d'un rio solitaire, rongée par des lierres grisâtres. À tout instant sa façade fissurée semblait devoir s'abîmer dans les eaux, et ne paraissait soutenue que par des sculptures de colosses nus et difformes. Mais à Venise, les instants duraient couramment une éternité. Deux bricole[1] tordus bornaient l'entrée sévère. Le gondolier s'amarra à l'un d'eux, non sans jeter un regard inquiet en direction des hautes fenêtres.

Ardani avait déjà bondi sur le perron léché par l'eau noire et actionnait le heurtoir de bronze. Les coups sourds parurent résonner à l'infini entre les murs. Il s'écoula un long moment avant qu'un pas furtif se fît entendre de l'autre côté.

1. Pieux enfoncés dans l'eau, servant de signalisation.

Un guichet s'ouvrit avec un grincement funèbre. Un moine couronné d'une tonsure rousse, aux petits yeux porcins enfoncés dans les orbites, jeta un regard soupçonneux à ces visiteurs tardifs. Il s'arrêta un instant sur la frimousse apeurée de Piccolmano.

– Que voulez-vous ? demanda-t-il d'une voix rogue.

– Cavaliere Ardani. Je demande à voir le corps de Marcello Benvolio. Par ordre du doge.

Le jeune homme tendit le blanc-seing. Le sceau ducal ne prêtait à aucune opposition. La porte s'entrebâilla.

– Pardonnez-moi, mon fils. Mais nous devons observer une certaine prudence compte tenu des circonstances. Je suis le père Abelardo.

– Souffrez que je vous appelle par votre nom, Abelardo. Car vous n'appartenez plus à l'ordre des Bénédictins depuis bien des années.

Son interlocuteur pâlit, considérant le jeune homme avec défiance.

– Qui vous a parlé de moi ?

Ardani le rassura d'un sourire.

– Personne. Je ne vous connaissais pas voici un instant. Mais j'aime observer les choses et les gens. Oubliez ma remarque.

Avec maintes courbettes, le religieux les conduisit à travers un dédale d'escaliers mal éclairés qui, angle après angle, semblaient vouloir égarer le curieux.

Une humidité malsaine suintait des murs. La charpente craquait. Piccolmano avait beau faire son possible pour conserver une apparence de sérénité, il ne pouvait s'empêcher de trembler. Il souffla à son maître :

– Notre replet ami ne me plaît guère. Avez-vous vu cette façon qu'il a de me regarder ? Au fait, comment savez-vous qu'il est bénédictin ?

– L'important est de savoir qu'il ne l'est plus.

– Pourtant il porte encore la bure.

– Abusivement.

– Par quelle malice arrivez-vous à...

– J'ai passé du temps dans les monastères. Je sais à première vue différencier un franciscain d'un dominicain, ou un jésuite d'un bénédictin. Ces derniers se tournent plus volontiers vers l'art de la copie, de l'enluminure, ou... de la liqueur ! Je n'en ai encore jamais vu fascinés par la chirurgie.

– Un chirurgien ?

– As-tu observé les callosités de ses doigts ? Saillantes, irrégulières... Notre homme tient d'autres instruments que la plume ou le pinceau. C'est chose peu usitée, d'autant plus en échange d'une rétribution. Il porte une chaîne en or sous son col. Mets ces détails bout à bout et tu conviendras avec moi qu'il s'agit d'un moine défroqué, complaisant avec les vanités de ce monde et peut-être même... un rien dépravé. As-tu dîné ?

Le visage du valet s'éclaira.

– Oh, à peine ! Je recommencerais bien...

Soudain, mû par quelque besoin de converser, Abelardo se retourna.

– Dans le temps, nous occupions le bas. Mais les eaux sont montées et nous avons dû installer l'atelier dans les étages. Nous travaillons tard, pour les raisons de discrétion que vous devinez. Mais nos lumières sont maintenant visibles et les gens déduisent que l'endroit est hanté.

– Étiez-vous l'assistant de Benvolio ?

– Non seulement, mais aussi sa caution morale ! se vanta-t-il le plus sérieusement du monde. Une telle entreprise ne saurait exister sans une bonne caution morale ! Car à défaut de disposer d'autorisations officielles, n'est-ce pas, il convient de s'attirer certaines tolérances...

Ardani imaginait sans peine de quelle manière, sonnante et trébuchante, les tolérances en question avaient été obtenues.

– Bene, bene, fit Piccolmano dont l'estomac s'impatientait. Quand mangeons-nous ?

En haut d'un petit escalier, ils se heurtèrent à une porte basse. Selon un mode particulier, Abelardo frappa. À l'intérieur se fit entendre un pesant mouvement de verrous. Un géant barbu, ceint d'un tablier de cuir maculé de taches sombres, se dressa devant eux.

– Tout va bien, Renato. Il s'agit de l'enquêteur du doge et de son valet. Renato est avec nous depuis peu. Son aide nous est précieuse pour les travaux pénibles.

Il les introduisit dans une vaste salle meublée d'étagères où se bousculaient fioles et alambics. Des cornues bouillonnant de liquides visqueux s'exhalaient des parfums douceâtres. Au centre s'alignaient des tables recouvertes de draps grossiers, dont dépassaient ici une paire de pieds bleuis, là, une tignasse décolorée. Piccolmano crut se sentir mal :

– Mais... Ce sont des morts !

– Finement observé, railla Ardani.

– Qu'en font-ils ?

– Ils les embaument, Piccolmano. Nous sommes chez un embaumeur, dont la tâche consiste à ouvrir les corps, les éviscérer selon de vieilles techniques héritées de l'Antiquité, pour les farcir de différentes herbes. Le cadavre ainsi traité conserve plus longtemps son apparence... mortelle !

L'adolescent resta bouche bée, brusquement privé d'appétit.

Ardani s'approcha d'un tréteau disposé à l'écart, sur lequel reposait un corps de petite taille, les mains jointes sur son ventre bedonnant.

L'intense expression de terreur gravée sur son visage ne manqua pas de le surprendre, de même que les yeux révulsés et la langue bleuie. Il examina ses vêtements soigneusement pliés, n'hésitant pas à les renifler. Abelardo prit un air contrit.

– C'était un maître dans son art. Il avait étudié chez les plus grands embaumeurs de Sicile avant que d'installer son commerce ici. On venait le consulter de loin. Il connaissait les secrets des Égyptiens. Nul ne savait comme lui mêler les essences, distiller les herbes rares... au point que le plus repoussant cadavre devenait entre ses mains un objet d'art, un émerveillement pour la pupille et les narines. Quelle terrible fin ! Regardez-le... On dirait qu'il a rencontré le diable en personne !

Abelardo paraissait sincèrement affligé. Le nez à quelques centimètres de la peau roidie, Ardani inspecta minutieusement la poitrine, les mains jointes et le visage.

Il fronça soudain les sourcils, prit un léger recul et pencha la tête pour observer le sujet à l'horizontale.

– Voudriez-vous abaisser cette lampe ? Oui, de cette façon... Merci. A-t-il été touché ?

– Non, non ! Nous en avions reçu la consigne formelle : ne rien faire avant votre arrivée. Je me suis contenté d'un examen superficiel, qui n'a guère permis d'élucider les raisons de sa mort. Je n'ai jamais rien vu de tel. Ni blessure ni marque...

– Ce n'est pas certain. Voilez un peu la lumière avec la main. Non, pas ainsi, mais de manière à ce que la clarté paraisse glisser... Oui ! Voilà ! Parfait !

Il tira sa dague. Abelardo frémit :

– Signore, il ne saurait être question de pratiquer une autopsie !

– Voudriez-vous me faire croire qu'en ces lieux, jamais, au grand jamais, l'Église ne consentît à faire ouvrir pour son compte un corps dans l'espoir de rechercher l'emplacement de l'âme ? Quand le grand Léonard de Vinci lui-même obtint pareil mandat ?

Renato fit mine de s'interposer.

– Piccolmano, mon garçon...

Quoique vacillant, le valet piqua sa lame dans les reins du géant.

– Mieux vaudrait laisser mon maître agir à sa guise. Je le connais. Il se fâche facilement.

Ardani abaissa la lame sur la gorge du cadavre, puis remonta le long du visage en grattant avec une infinie douceur les contours de la bouche et des narines. Sa tâche achevée, il ramena en pleine lumière une fine couche de poudre verte sur le tranchant, qu'il soumit à l'examen du bénédictin éberlué.

– Qu'est-ce donc ?

– À première vue, je suppose qu'il s'agit d'un de ces terribles poisons fort appréciés à Venise, que l'on importe d'Orient dissimulés entre les sacs d'épices. Si vous ouvrez les poumons de notre sujet, m'est avis que vous en trouverez là aussi. À en juger par sa répartition sur la peau, cette poudre a été soufflée au visage de Benvolio et il en est mort. Voyez comme les traces cernent le menton, les narines... Mais pourquoi autant dans les cheveux, et sur le haut du front ?

– Insinuez-vous qu'il a été empoisonné ? En pleine rue ?

– Certes ! Nous avons bien affaire à un meurtre. Abelardo, vous qui avez une expérience enviable des herbes et des onguents, ne sauriez-vous m'indiquer la provenance de cette poudre ?

Le moine secoua vigoureusement la tête.

– Je ne connais rien aux poisons.

– Dommage. J'en ai fini. Permettez que je conserve cet échantillon.

Il glissa la poudre dans une enveloppe confectionnée à la hâte.

– Donnez-moi donc de l'eau chaude et une serviette !

Le moine l'observa avec méfiance qui se lavait les mains.

– Signore, observez-vous quelque rituel païen ?

– Nullement un rituel. Une précaution, voilà tout.

– Il serait absurde de penser qu'un mal se propage par le seul contact des mains...

– Ah, vraiment ? Et pourquoi cela ?

– Parce que... c'est une hérésie !

Ardani éclata d'un petit rire.

– Une hérésie ! Comme prétendre que la Terre est ronde ? Qu'elle gravite autour du Soleil et non l'inverse ? Ah, les hérésies ! As-tu entendu, Piccolmano ? Piccolmano ?

Le teint du jeune garçon avait viré au jaune.

– Quoi ? Qu'as-tu ?

– Je ne me sens pas bien, maître. Ce sont les odeurs.

– Sors prendre l'air. Je n'ai plus besoin de toi. Abelardo, Benvolio avait-il manifesté ces jours derniers une nervosité particulière ?

Le moine, sans oser le regarder en face, plongea ses mains dans sa bure :

– Il était surmené, mais il faut dire que nous avions eu beaucoup de travail. À chaque retour des beaux jours, c'est la même chose. Les gens meurent. Ce sont les miasmes... Maudite lagune.

– Rien sortant de l'ordinaire ?

– Non, je ne vois pas. Hormis qu'il a fallu nous déplacer au monastère des Frères de la Vraie Croix qui venaient de perdre leur supérieur... Ils ne quittent jamais leur retraite de l'île Sans Nom. Ah, je ne puis croire que maître Benvolio ait été assassiné. Qui lui aurait voulu du mal ?

– La moitié de la Vénétie ? suggéra Ardani avec malice.

Le moine le considéra d'un air réprobateur.

– Renato, reconduis le cavaliere.

– Inutile, Renato, je connais le chemin.

Ardani avait de toute façon vu ce qu'il désirait voir. Dans le corridor, il retrouva Piccolmano qui luttait courageusement contre la nausée.

– Pardonnez-moi, maître. Je n'ai pas...

Il roula soudain des yeux et n'eut que le temps de se tourner pour vomir.

– Je t'avais pourtant demandé si tu avais dîné, soupira Ardani.

– Maître, me direz-vous à la fin ce que vous pensez de ce mystère ? Meurtre il y a, soit ! Et m'est avis que ce faux moine ne nous a pas tout raconté...

Tandis qu'ils revenaient à pas lents vers l'auberge, Piccolmano ne contenait plus sa curiosité. Son estomac allait mieux et durant le trajet en gondole, il s'était efforcé en vain de briser le mutisme de son maître.

– Tout cela est très étrange, marmonna soudain Ardani. Les oiseaux ne nichent pas sur l'arrière du palais, les vêtements de Benvolio empestent la sueur, ses cheveux sont parsemés de poudre, ce dominicain défroqué ignore l'origine du poison... Absolument fascinant. Je commence à redouter quelque sombre traquenard...

Il n'avait pas plus tôt prononcé ces paroles que quatre silhouettes bondirent soudain en travers de leur chemin. Elles portaient des houppelandes dont le col dissimulait le bas de leur visage. Sans un mot, elles brandirent des gourdins et se mirent en devoir de rosser les deux hommes.

La première surprise passée, Ardani parvint à tirer son épée et repousser ses adversaires. À ses côtés, Piccolmano avait dégainé sa dague et se défendait de son mieux. Mais les coups pleuvaient et il était fort difficile de les esquiver. Il s'ensuivit une mêlée aussi confuse que brutale. Ardani décrivait de grands moulinets tout en battant en retraite sous le porche de l'auberge. Touché au flanc, l'un des sicaires poussa un cri. Sur ces entrefaites, le patron de la Galleria, armé d'un lourd poêlon en cuivre, fit soudain irruption sur le seuil.

– Ah ça ! s'écria-t-il. Comment osez-vous bastonner mes clients devant ma porte !

Sa voix tonnante déconcerta les inconnus qui préférèrent rompre la joute et s'égailler aux quatre vents.

– Bienvenue à Venise ! maugréa Ardani, tout en se frictionnant l'épaule.

Il ramassa son valet à demi étourdi et ils rentrèrent.

Les hérésies de Ferrucio Ardani

Un rayon de soleil insistant filtra à travers les lourdes tentures, faisant grimacer Piccolmano qui s'était endormi roulé en boule sur la table.

Il ouvrit un œil, puis deux, et découvrit son maître dans la position du poirier, jambes croisées en l'air.

Piccolmano eut un haut-le-cœur.

– Faut-il avoir une vision chagrine du monde pour vouloir à tout prix le contempler à l'envers de si bon matin… Vous me donnez le tournis !

– Es-tu réveillé ? s'enquit le jeune homme.

– Puisque j'ai parlé. Aïe ! Ces lascars m'ont brisé les os. Si je les retrouve…

– À Venise, il est aisé de se procurer des hommes de main maniant le gourdin aussi bien que la rapière. Il suffit d'attendre au premier carrefour. Ils prêtent leur service pour trois fois rien.

– Ainsi nous nous sommes fait rosser pour trois fois rien ? Ouille, mon dos ! Vous prenez la chose avec un détachement fort réjouissant. Oubliez ce que j'ai dit sur Vérone. J'en ai déjà assez de Venise. Quand rentrons-nous ?

– Pas aussi vite que le souhaiterait celui qui nous a envoyé les manieurs de bâtons.

– Quoi ? Il s'agissait d'un piège ?

– À n'en pas douter. Et si les mœurs vénitiennes n'ont point changé, vois en ce traitement le mépris dans lequel on tient nos personnes.

– Ah ?

– Certes : si le commanditaire avait nourri quelque estime à notre égard, il nous eût fait assassiner, tout simplement.

Ardani se remit souplement sur pied.

– Vite, Piccolmano, trouve un bol de farine !

Le valet prit un air affligé.

– Quelle est encore cette lubie ? Un bol de farine ? Où diable voulez-vous que je trouve un bol de farine à cette heure ? Le soleil se lève à peine…

– À la cuisine ! Où tu voudras ! Paie-le un bon prix, mais fais vite !

Encore endolori, Piccolmano descendit en boitillant. Il entreprit le boulanger du coin de la rue, qui sortait à peine ses petits pains dorés du four, obtint la farine et remonta dans la chambre. Il la tendit tout essoufflé à son maître qui était grimpé sur la table.

– Que diable… ?

Négligeant de répondre, Ardani prit le bol, répandit la moitié de son contenu sur le sol et, d'un coup, jeta le reste au visage de Piccolmano qui en resta ébahi, clignant des yeux comme un hibou. Le cavaliere partit d'un éclat de rire.

– Ne me dites pas que vous m'avez fait mendier de la farine à l'heure du coq dans la seule intention de me la renverser sur la tête ?

– Ne bouge surtout pas ! le tempéra son maître. Ceci est une expérience scientifique…

Ardani observa avec une attention d'entomologiste la forme blanche qu'avait dessinée la poudre sur le front de son compagnon.

– Je crois qu'un jour, nous pourrons fonder une théorie sur le calcul des trajectoires. En déterminant l'angle d'un impact, nous déduirons forcément l'endroit précis d'où a été lancé le projectile. Voilà. J'en ai fini. Pardon de m'être montré si théâtral, mais tu n'aurais pas conservé une attitude aussi naturelle si je t'avais prévenu de mes intentions. Nous avons fait un grand pas dans notre enquête, Piccolmano…

– Un grand pas dans la farine ?

– Cette poudre fine qui recouvrait le visage de Benvolio... Une question m'a tenu en éveil toute la nuit. Pourquoi avait-il cette poudre aussi au sommet du crâne ?

– Et la réponse ? grommela Piccolmano en s'essuyant le visage avec sa manche.

– Soit son empoisonneur était un géant, soit elle lui a été soufflée depuis les airs... Simple question de trajectoire, je te l'ai dit. C'est un nuage de poison que l'on a déversé sur notre infortuné larron. Une seule inhalation, il n'avait aucune chance d'en réchapper. Si seulement nous disposions d'un instrument capable d'analyser cette substance, nous déterminerions son origine et par là même identifierions son utilisateur. À défaut, il faudra nous en remettre à certain spécialiste de ma connaissance.

Ébranlé, Piccolmano l'interrompit :

– Un instant, Maître. Que voulez-vous dire par « soufflée depuis les airs » ? Serions-nous en présence d'un maléfice ? Je n'ai pas ouï dire qu'il existait des oiseaux sécrétant de telles poudres.

– Excellent, mon bon Piccolmano ! En effet, tu soulèves là un épineux problème ! Benvolio a joint ses mains un instant avant de succomber. Vois-tu, je crois qu'il est tombé en prière.

– En prière ? En prière devant quoi ?

– Devant une apparition céleste !

– Êtes-vous devenu fou ? Est-ce cette conclusion que vous allez porter ce matin au doge et aux sénateurs ? Qu'il a vu un ange ?

– En tout cas quelque chose qui y ressemblait.

– Alors nous sommes bons pour le bûcher !

Ardani haussa les épaules :

– C'est une possibilité.

La consternation qui se peignit sur les visages, les remous suscités par son préambule n'affectèrent Ardani qu'un bref instant. Il poursuivit, imperturbable :

– Le comte Landolfini ici présent a confirmé qu'il avait entendu un bruissement d'ailes... Ainsi que j'ai pu l'observer, les oiseaux de la lagune qui nichent en cette saison sous les arcades préfèrent se fixer près du canal.

Dans le fond de la salle, l'inquisiteur Ronconi, entouré de sa garde, remua dangereusement sur son siège. Finalement il n'y tint plus et se dressa de toute sa haute taille :

– Telles étaient mes pires craintes en arrivant dans l'enceinte de votre cité, et les premières conclusions du cavaliere le montrent assez. Venise est la proie des forces du mal.

– Messere, c'est vous qui le dites... répondit Ardani.

– Quelle autre créature viendrait des airs, porteuse d'un poison capable de donner la mort, hormis un démon ? Ne laissez-vous pas entendre, dans votre conclusion, qu'une puissance surnaturelle est en cause ?

Le doge leva la main en signe d'apaisement :

– De grâce ! Nous savons qu'il n'est pas dans les intentions du cavaliere d'offenser l'Église.

– S'il ne veut parler d'un démon, évoquerait-il par hasard la possibilité qu'il s'agisse... d'un ange ? s'emporta Ronconi. Oh, Dieu, entendre de tels blasphèmes !

Il se signa frénétiquement.

– Je vous rappelle que vous n'êtes ici qu'à titre d'observateur, lança Andréa Gritti.

Ardani reprit :

– Ange ou démon ! Peu importe ! Très noble assemblée, je conçois que l'apparence extraordinaire des événements puisse semer le trouble dans l'esprit le plus sensé. Je ne juge pour ma part que d'après mes observations, lesquelles ont mis en évidence certains faits.

– Vous-même, éclata Ronconi en le désignant d'un doigt accusateur, vous n'êtes qu'un hérétique, une âme vendue au démon ! Je me suis renseigné sur votre compte...

Un murmure parcourut les rangs des autorités. L'inquisiteur poursuivit sur sa lancée :

– N'est-il pas exact qu'hier au soir, en quittant l'atelier du défunt, vous avez tenté de corrompre l'âme d'un pauvre bénédictin, le père Abelardo, en voulant lui faire admettre des hérésies ?

Ardani secoua la tête, ironique :

– Je vois qu'il s'est empressé de raconter que je m'étais tout bonnement lavé les mains, ce qui revêt pour cet ignorant, qui par parenthèse n'est plus moine, un caractère païen. Par expérience, je sais que certaines infections se transmettent par le toucher.

– Je le disais bien ! Des théories hérétiques, nées de l'esprit pervers de petits médecins s'imaginant plus puissants que Dieu ! Vous lui avez aussi affirmé que la Terre était ronde, alors que nous savons qu'elle est plate !

Le doge fit de grands signes pour apaiser l'effervescence qui menaçait de tourner à l'émeute.

– Je vous en prie. Nous sommes ici pour tenter d'éclaircir un meurtre et non pour deviser sur des questions aussi essentielles. Dois-je vous rappeler, mon père, que nous sommes à Venise et que la liberté de pensée et d'opinion y est accordée...

Ronconi se renfonça dans son fauteuil comme un fauve furieux de n'avoir pu assouvir sa faim.

– Quant à vous, signore Ardani, je vous recommande plus de modération. Tous ici, nous reconnaissons vos vertus de raisonneur et votre sens inné de la logique. Mais ce que vous nous contez là défie justement la logique…

– Mon enquête se poursuit, Votre Seigneurie. Et je tiens à dire haut et fort devant cette noble assemblée que je n'aurai de cesse d'aboutir, quelles que soient les menaces qui pèseraient sur ma personne.

Ardani jeta un regard circulaire et s'arrêta sur Landolfini, qui paraissait absorbé dans la contemplation des portraits.

– Soit, proclama le doge. Nous attendons avec impatience vos prochaines conclusions. Il suffit. La séance est levée…

Tandis que les spectateurs quittaient les travées, Ardani s'approcha du comte.

– De grâce, accordez-moi un instant.

Le conseiller affecta un sourire de bon aloi.

– Avez-vous réservé une autre de vos théories à mon usage personnel ?

– En un sens. J'ai beaucoup réfléchi et… en somme, je crois qu'il est une vertu rarement partagée que vous cultivez en seigneur.

– Oh ? Laquelle ?

– La modestie. Car enfin, il ne peut s'agir que de modestie pour un expert tel que vous, d'affirmer contre l'évidence que Benvolio n'avait pu succomber qu'à une mort naturelle. Avouez, vous pressentiez dès le début qu'il s'agissait d'un meurtre même si, bien sûr, vous n'en aviez pas la preuve...

– L'hypothèse m'avait effleuré, en effet. Mais devant Sa Seigneurie et l'inquisiteur, j'avais tout intérêt à minimiser l'incident... pour des raisons politiques. Voyez-vous, l'expérience de ma fonction, et aussi...

– Je m'en doutais, coupa Ardani. Aussi la question suivante – fort sotte, je l'admets – me traverse à présent l'esprit : quel élément vous a-t-il alors induit à tirer cette conclusion aussi clairvoyante que remarquable ? Car enfin, la présence du poison sur le visage du mort n'était décelable qu'après un examen attentif...

Landolfini se pencha sur le jeune homme. Ses mâchoires tremblaient.

– Vous voulez me faire tomber dans quelque piège, mais vous n'y arriverez pas. Votre insistance à me chercher querelle, Ardani, vous conduira quelque jour là où votre père se trouve déjà : dans la tombe.

– Vous saviez l'existence de Benvolio menacée.

– Balivernes.

– Vous le saviez car il était de vos informateurs.

Le comte se détourna, seulement Ardani n'avait pas l'intention de lâcher prise si facilement.

– Quelle étrange raison a poussé notre embaumeur ce soir-là à venir se réfugier au palais ? Pourquoi pas auprès d'un poste de garde ? Les traces de sueur sur sa chemise prouvent qu'il a longtemps couru avant de trouver la mort. Il fuyait, Landolfini ! Il fuyait devant un péril auquel pour l'instant nous ne pouvons donner forme. Pourquoi dans la panique courir au palais ? Il n'avait sur lui aucun laissez-passer susceptible de lui en faciliter l'accès. Et au lieu de se présenter à la porte principale, il fait le tour pour frapper à l'une des entrées discrètes…

Ardani se planta devant le comte qui faisait mine de lui échapper.

– J'en déduis qu'il venait vous voir, comte, et que ce n'était pas la première fois. La peur l'a poussé vers vous. Je crois qu'il allait vous révéler quelque chose, peut-être pour se mettre à l'abri, mais quoi ?

Landolfini se dégagea vivement.

– Comment le saurais-je ? Votre haine pour moi vous aveugle. Vous cherchez à me nuire ? Ne vous privez pas. Jouissez de votre pouvoir. Mais l'aile du doge ne sera pas toujours sur vous. Prenez garde, tel l'oisillon, de ne point quitter son ombre.

– L'oisillon que je suis a appris à voler. Et sachez que ce ne sont pas quelques coups de bâton qui me renverront à Vérone.

Landolfini l'écarta brusquement de sa route et disparut par l'une des portes. Ardani rebroussait chemin lorsque le chambellan du doge attira son attention.

– Cavaliere, Sa Seigneurie désire s'entretenir avec vous dans ses appartements. En privé.

Quand il pénétra dans la chambre, Andréa Gritti se lavait les mains dans une coupelle d'or. Il avait retiré son corno de cérémonie et s'offrait tête nue à la vue de son visiteur.

– J'ai été jeune, moi aussi, réprimanda-t-il sans ambages, et brûlant de cette énergie qui trempe les âmes fières. Mais vous, cavaliere, vous avez un art consommé pour vous attirer beaucoup d'ennemis en peu de temps. Landolfini ne tardera pas à vous envoyer ses hommes de main. Si ce n'est déjà fait à en juger cette bosse sur votre tempe. Quant à l'inquisiteur, il est, à n'en pas douter, en train d'écrire un rapport sur votre compte. J'avais réuni ce conseil de manière à ce qu'on sache en ville que j'ai décidé de faire de cette affaire un exemple. Votre impudence compromet mon plan. Et aviez-vous besoin, par-dessus le marché, de prétendre que la Terre est ronde ?

– La plupart des grands navigateurs, ceux qui sont allés jusqu'aux confins des océans, en ont administré la preuve, pas seulement les mathématiciens et les philosophes.

– Quand saurez-vous tenir votre langue ?

– Je crains que cet art m'échappe à jamais.

– Ardani, j'espère pour vous que cette théorie de créature volante n'est pas pure imagination de votre part.

– Aucunement. Et j'en apporterai bientôt la preuve.

– Je vous le souhaite. Car vous pourriez ne jamais revoir Vérone. S'il prenait l'idée à l'inquisiteur de vous faire arrêter, j'aurais les plus grandes peines à m'y opposer. Même ici.

– Votre Grâce, je suis convaincu que Marcello Benvolio a été assassiné parce qu'il détenait quelque important secret. Quelle était sa nature et d'où le tenait-il, je le découvrirai. Mais il me faut vous questionner sans détour…

Andréa Gritti se redressa lentement :

– Questionner le doge de Venise, Ardani, vous y songez ?

– Votre Grâce ne m'a-t-elle pas confié un blanc-seing avec autorisation d'entendre qui bon me semblerait ?

– Ce document m'exclut de fait.

– Soit, alors je n'aurai pas l'audace d'interroger, seulement d'exposer ce que je soupçonne.

L'embaumeur Benvolio venait régulièrement au palais. Il était en affaires avec le comte Landolfini. Ou avec vous-même.

– Prenez bien garde à ne point dépasser les bornes, Ardani ! Maître Benvolio nous a rendu service par le passé. Mais croyez-vous que je m'abaisse à des conciliabules privés avec ce type d'individus ?

– Que Votre Seigneurie me pardonne. Je crois que Benvolio, en bon informateur, est récemment venu vous entretenir de certaine affaire. De quoi s'agissait-il ?

– Vous êtes décidément... Cela ne saurait vous concerner !

– Dans ce cas, permettez que je prenne congé et que je m'en retourne à Vérone où j'ai abandonné une fort jolie toile. Je n'ai plus rien à faire à Venise.

Sur ces paroles, il s'inclina brusquement et feignit de partir. Andréa Gritti s'empourpra :

– C'est trop d'audace à la fin ! Je ne vous ai pas donné congé !

Le jeune homme se figea et considéra le souverain :

– Votre Seigneurie, vous m'avez mandé pour la raison que j'étais un enquêteur impartial, et parce que vous désiriez que toute la lumière soit faite sur cette affaire. Votre silence jette un trouble sur ces louables intentions.

Le vieillard parut se recroqueviller.

– J'ignore ce que voulait Benvolio, lâcha-t-il. Il réclamait en préalable une somme d'argent trop considérable. Aussi l'ai-je renvoyé sans penser devoir l'entendre.

– Quelle somme ?

– Dix mille ducats...

– Son âme ne valait pas si cher ! Qu'avait-il donc de si précieux à vendre ?

– Je n'ai pas tenu à le savoir.

– Mais vous avez changé d'avis depuis ! Voilà même la raison profonde pour laquelle vous avez fait appel à mes services. Le sort de Benvolio vous importe peu. Vous espérez que je découvrirai pour rien ce qui aurait pu vous coûter tant. En nuisant au passage à un successeur un rien trop arrogant. Je ne décevrai pas votre attente. J'aurai le fin mot de tout cela. Et la peau de Landolfini.

Ardani s'inclina et prit congé.

Quand il déboucha sur la place, Piccolmano accourut vers lui, très anxieux.

– J'ai cru ne jamais vous revoir ! Dieu soit loué !

– Les grands de ce monde ! tempêta le cavaliere en lui prêtant à peine attention. S'il leur arrive de réclamer la Vérité à grands cris, c'est ensuite pour s'effaroucher de ce que telle une vague immense elle se dresse et balaie tout sur son passage à commencer par eux-mêmes. Le diable soit de ces maudits politiciens.

– Où allons-nous ?

– J'ai une visite à rendre... En attendant, je vais te charger d'une mission de confiance. Trouve un vieil herboriste du nom de Lorenzo Pia. Il tient une boutique d'apothicaire dans le sestiere[1] de Castello. Donne-lui deux ducats, notre échantillon de poudre verte et rappelle-lui qu'il a une dette envers les Ardani.

– Un herboriste ? Ne serait-ce pas plutôt quelque empoisonneur ? Car vous pouvez m'en croire, j'ai appris ma leçon sur Venise et les Vénitiens.

– Mon bon Piccolmano, j'avais raison d'espérer faire entrer un peu de sagesse dans ta cervelle de moineau !

1. Quartier de Venise.

Sœur Innocenta

Le pâle soleil de cette fin d'après-midi nimbait la lagune de reflets violacés. Dans le lointain, des galères aux larges voiles gonflées comme des outres cinglaient vers quelque mystérieux port d'Orient où fleurissaient épices rares et femmes sans pareil. Leur faisant escorte, des oiseaux des marais paraphaient le ciel brumeux, presque blanc.

Debout à l'avant de la gondole, les bras croisés, le menton penché sur la poitrine, Ardani observait l'horizon avec une immobilité songeuse. Un vent âcre et salin frisait la surface des miroirs, rapportant par-delà les lidi[1] le fracas de la mer menaçante.

1. Digues de pierre et de bois protégeant la lagune.

L'île de Burano aux maisons multicolores bruissait d'une intense activité malgré l'heure tardive. Les pêcheurs de retour empilaient nasses et casiers chargés de poissons et de crustacés à même la jetée, à l'abri de draps tendus. Sur le seuil des maisons, les vieilles dentellières aux doigts de fée filaient machinalement, jetant des regards absents. Les tavernes s'emplissaient de cris et de rires. Le batelier déposa sa rame et amarra son esquif. Ardani lui jeta une pièce :

– Attends-moi.

– Je vous attendrai aussi longtemps qu'il le faudra, signore !

Les autochtones observèrent d'un air curieux ce jeune seigneur armé qui remontait la rue principale pour se perdre parmi les méandres de la vieille ville parcourue de canaux poétiques. Le couvent Della Pieta occupait un angle discret, tapi sous un grand porche usé. Ardani actionna le heurtoir. Il dut attendre un long moment avant que le guichet grinçât sur ses gonds. Une figure revêche s'encadra dans l'ouverture. Malgré lui, une hésitation brouilla ses mots :

– Je désire voir… signorina… signorina Cessi de la part… de la part de… oh, peu importe. Annoncez-moi, voilà tout !

– Pas de visites.

Ardani sortit de sa manche le blanc-seing du doge. Aussitôt le battant s'ouvrit et la nonne acariâtre s'inclina avec humilité.

– Je vous en prie monseigneur, veuillez entrer. Je vais prévenir sœur Innocenta.

– Sœur… Innocenta ?

Il fut introduit dans une galerie ouvrant sur un jardin carré tissé de buissons et de rosiers grimpants. Au centre se dressait un gros rocher d'où jaillissait un filet d'eau claire qui jouait parmi les pierres avant que de disparaître sous les plantes. Absorbé par ce spectacle de calme et de tranquillité, le cavaliere n'entendit pas la robe qui glissait sur les dalles derrière lui.

– Une légende affirme que cette source guérit les maux de l'esprit, qu'elle procure l'oubli et le pardon…

Ardani tressaillit. Dans l'ombre des arcades, il distingua une silhouette noire au visage d'ange cerclé de blanc. Il sentit sa gorge se nouer.

– Iolanta ?

– Je ne suis plus celle que vous nommez.

La jeune nonne s'avança dans un rayon de soleil finissant. Dix ans s'étaient écoulés. Pourtant le temps semblait n'avoir qu'effleuré son teint diaphane, ses yeux bleus limpides et ses lèvres minces à la rougeur de cerise. Ardani dut réprimer son envie de se jeter aux pieds de cette madone. Il ne trouva qu'à s'incliner gauchement, tenu en respect par l'habit noir et sévère. La religieuse lui sourit :

– Nul n'est besoin de me rendre hommage, monseigneur. Je n'appartiens plus à ce monde.

– Tu me reconnais ?

Sœur Innocenta s'approcha d'un pas feutré parmi les buissons de roses, parée à son insu de la grâce des boutons précoces.

– À l'instant où je vous ai vu.

– Et... Tu ne dis rien ? C'est moi, Ferrucio ! Je suis de retour.

– J'en suis heureuse.

– Tant de nuits j'ai rêvé ce moment. Tant d'années. Et tu n'as l'air guère troublée !

– Je ne suis plus troublée que par la parole de Notre-Seigneur. C'est une heureuse nouvelle de vous savoir revenu dans les faveurs du doge. Venise est votre ville.

Ardani esquissa le geste de caresser sa joue, mais elle recula prestement.

– Iolanta ! Ton supplice est terminé. Aujourd'hui, le doge est prêt à m'accorder ce qu'il me plaira. Tu vis tes dernières heures de captivité.

– Je ne suis pas en prison.

– Ne parle pas ainsi ! Je ne suis pas venu voir sœur Innocenta, mais Iolanta Cessi que je m'apprêtais à épouser si on ne m'avait cruellement arraché à elle.

– Cette fiancée dont vous parlez n'est plus. Elle dut jadis se soumettre en fille obéissante au désir de son père. Pour laver l'affront d'avoir été un temps liée au fils d'un traître à la République... Elle fut contrainte à prendre le voile.

– Pourquoi n'avoir pas fui ?

– Ce fut difficile au début, et j'ai passé de longues nuits à pleurer et maudire mon sort. Puis le temps a passé. J'ai bu l'eau de la source. Elle a lavé mon cœur. J'ai appris à apprécier la solitude, le calme, la simplicité de ce mode de vie, les bienfaits de la prière. Je suis heureuse aujourd'hui. J'ai trouvé la paix. Les sœurs m'ont aidée...

– Ces geôlières ?

– Vous ne pouvez comprendre, monseigneur.

– Oses-tu prétendre que ce que je vois n'est qu'illusion ? Que celle que j'aimais n'existe plus ? Ton esprit a peut-être changé, mais tes yeux sont toujours coins de ciel, et tes lèvres toujours tulipes. J'y cueillis maints pétales jadis, l'oublies-tu ?

Sœur Innocenta se permit un sourire discret.

– Vous n'avez guère changé, monseigneur. Je constate avec plaisir que vous savez toujours jouer de votre éloquence.

– Pauvres mots en vérité, s'ils sont incapables de te faire entendre raison.

– Nous ne pouvons rien y changer. Je suis fort heureuse de vous savoir de retour, de vous savoir en bonne santé et revenu dans l'estime du doge...

– Qu'importe puisque je suis perdu dans la tienne !

– Ai-je dit cela ?

– Tu n'es plus qu'une ombre. J'aurais préféré te voir morte.

Un bref instant, la douleur qui se peignit sur les traits du jeune homme figea l'expression clémente de la religieuse. Ses lèvres frémirent, son regard s'embruma. Mais comme le soleil renaissant derrière un nuage, son sourire reparut, inchangé.

– Il faut apaiser votre âme, monseigneur. On ne peut réécrire le passé. Vous aussi, vous devriez boire l'eau de cette source...

– As-tu prononcé les vœux solennels ? Réponds ! Demain je puis demander un décret spécial au doge. Ou bien sauter par-dessus ces murs et t'enlever la nuit prochaine. Parle, je suis ta liberté ! Je t'aime comme jadis, comme demain, comme toujours ! N'y est-il rien que je puisse faire pour te ramener à la vie ?

– Mais JE VIS ! rétorqua la jeune femme d'une voix tremblante. Doit-on vivre dans le bruit et l'éclat pour vivre ? L'ombre ne convient-elle pas à ces lierres ? Allez-vous-en, monseigneur. Je ne suis plus celle que vous avez connue.

Avant qu'il ait pu la retenir, elle tourna les talons et se fondit dans la pénombre des arcades. Une porte claqua.

– Dieu, je te hais comme jamais... soupira Ardani.

– Où diable étiez-vous passé ? s'écria Piccolmano en levant la lanterne. Je vous ai attendu jusqu'à la nuit ! J'ai même pensé que vous étiez mort...

Ardani détacha tristement son manteau et se laissa tomber sur son lit.

– C'était tout comme.

– Je ne crois guère le moment choisi pour faire un somme. Il y a du nouveau. Abelardo a été retrouvé assassiné, flottant dans le canal devant la maison des Morts.

Ardani se redressa d'un bond :

– Quoi ?

– Il y a moins d'une heure. Vous avez raté de peu le messager du comte Landolfini, envoyé vous prévenir.

– Je suis donc le pire des ânes ! De toute évidence, il savait quelque chose. J'aurais dû le faire surveiller. Où est le corps ?

– À la maison des Morts, justement. L'endroit devient plus fréquenté qu'une maison de tolérance, chevalier.

– Alors il faut s'y rendre sur-le-champ. As-tu trouvé mon ami Lorenzo Pia ?

– Certes, et je vous dois mille excuses ! Je crois que pareil gâteux n'empoisonnerait pas une mouche, sauf par mégarde…

– Passons le prendre. Cette fois je ne veux rien laisser au hasard et son concours risque de nous être précieux.

Moins d'une heure plus tard, Ardani ôtait le drap qui recouvrait la dépouille de l'infortuné dominicain. Il fut de nouveau frappé par l'expression de terreur défigurant les traits, la langue bleuie sortant de la bouche, les yeux révulsés, tous symptômes qu'il avait déjà remarqués chez Benvolio. Sous le regard ironique du comte Landolfini, il entreprit de l'examiner. Comme la fois précédente, il se munit de sa dague et gratta sur les joues et le front des résidus de poudre verte.

– Signore Pia ?

Un minuscule vieillard à la barbe pointue, au cheveu rare, s'avança en s'appuyant avec précaution sur une canne. Il chaussa sur son nez d'étranges lunettes qui agrandirent démesurément ses pupilles. Il ne jeta qu'un coup d'œil sur l'échantillon.

– I-den-ti-que, mmmh… ânonna-t-il doctement.

– Mais encore ?

– Pfff… Mou-tar-de… de… Saint-Jean-d'Acre !

– La moutarde de Saint-Jean-d'Acre ?

– Mmmh… une mi-mi-mixture de graines to-to-toxiques du désert de la Be-kaa au nord de la Terre sainte. Déjà co-co-connue par les armées d'Alexandre le Grand. Puissante, mmmh ! Très puissante ! Mais plutôt utilisée en Perse.

– On peut donc supposer que son utilisateur a visité l'Orient ?

– Pro-ba-ble, mmmh ! C'est un poi-son trop rare pour être im-importé par nos navires. À mon avis, celui-ci a été con-conservé depuis fort longtemps. Mais cela n'a-n'a-n'altère en rien ses terribles pouvoirs. On le respire, et pouf, on meurt ! Plus ra-ra-rapide qu'une morsure de serpent.

– À votre avis, ce moine défroqué pouvait-il l'identifier ?

Le vieillard considéra les doigts décolorés du défunt.

– Mmmh… Il semblait manier toutes sortes d'épices et d'on-d'on-d'onguents. Je pense qu'il le connaissait.

– C'est aussi mon opinion, acquiesça Ardani, songeur. Ce qui me donne à penser qu'il avait des soupçons sur l'identité du meurtrier.

– Mais cavaliere, intervint le comte Landolfini jusqu'ici resté prudemment à l'écart. Que faites-vous de votre créature ailée ? À moins que vous n'ayez abandonné votre ridicule théorie ?

– Non pas, comte. Cette nouvelle mort ne fait que renforcer ma conviction. Ne pavoisez pas trop vite. Piccolmano, reconduisons notre vieil ami, que nous avons si rudement tiré de son lit. Par ces nuits noires, il ne serait pas prudent de le laisser s'en retourner sans escorte.

L'aube pointait déjà quand ils regagnèrent l'auberge. Ardani, perdu dans ses réflexions, affichait un air sinistre. Piccolmano s'efforçait de lui rendre sa bonne humeur, mais en vain.

– Eh quoi ? le rabroua-t-il. N'êtes-vous pas le prince de la logique et de l'observation ? Et pour une fois, je vous trouverais déconcerté par un mystère ?

– Je l'avoue, mon ami, je suis dans une impasse. Je ne tiens aucune piste sérieuse, seulement quelques suppositions aberrantes qui défient l'esprit le moins rationnel. Autant dire des courants d'air. Landolfini savoure son triomphe. Je crains n'avoir déjà beaucoup entamé mon crédit. Pourtant je sais être sur la bonne voie. Un démon ! Eh bien soit !

Appelons-le ainsi ! Un démon rôde au-dessus de nos têtes et déverse sur des victimes choisies de la moutarde de Saint-Jean-d'Acre ! Voilà ce dont je suis certain. Et après ? Rien. Ma science atteint ses limites. Peut-être l'inquisiteur dit-il vrai ? Peut-être sommes-nous confrontés à quelque manifestation diabolique…

– À l'impossible nul n'est tenu. Retournons à Vérone. Tout va mal depuis que nous sommes ici. Votre humeur a changé. Vous en oubliez même mes leçons d'escrime !

Ardani eut un triste sourire.

– Je ne retournerai pas à Vérone. Pas avant d'avoir découvert le fin mot de cette histoire. Je ne veux pas être tenu en échec à Venise. Il en va de ma réputation.

L'île Sans Nom

Le batelier entonna à mi-voix un vieil air vénitien, qui parlait d'amours inconstantes et d'oiseaux migrateurs. Ardani lui jeta un regard noir, et l'autre se tut, s'affairant à sa tâche.

En ce bel après-midi, le soleil invitait l'esprit au vagabondage plutôt qu'à la réflexion. Un vent du sud caressait la lagune et le jeune homme se prit à regretter Vérone, les paisibles ruelles où la fraîcheur des montagnes aime à se tapir. Il soupira après son jardin ombragé, son atelier et sa toile inachevée.

Soudain, il aperçut à contre-jour une langue de terre émerger du front des digues.

– N'est-ce pas l'île Sans Nom, où vivent les Frères de la Vraie Croix ?

Le passeur interrompit son lent mouvement de balancier.

– Certes signore...

– Pourquoi ce nom qui n'en est pas ?

– Signore, il existe plus de cent îles sur la lagune, certaines pas plus grandes qu'une cour ! Il n'était sans doute pas nécessaire de toutes les baptiser.

– Conduis-moi là-bas.

Une expression d'effroi passa sur le visage de l'homme :

– Mille pardons signore, mais ça ne serait pas très sage. Vous m'avez dit : « Pousse ta barque vers la mer » et c'est ce que j'ai fait !

– Bien. À présent, je te dis : dépose-moi sur cette île.

– Elle n'a pas bonne réputation.

– Tu n'es qu'une canaille superstitieuse. Léonard de Vinci a séjourné sur cette île. Je veux la voir...

– Eh bien, de Vinci, c'était une autre époque, il faut croire. Nous les bateliers évitons cet endroit... Si vous voulez, je vous emmène sur l'île de la Solitude où séjourna saint François d'Assise ! Sans qu'il vous en coûte rien.

– L'île Sans Nom, maraud, ou je te jette à l'eau.

– Il y a eu la malaria, là-bas. C'est un lieu de maléfices.

– Cette pauvre terre habitée par des moines ?

– Justement. Il faut être moine pour trouver l'endroit plaisant. Ce que je sais, c'est que mon cousin, batelier comme moi, y a trouvé la mort tout récemment.

– Mort, dis-tu ? De quelle façon ?

– Personne ne sait. L'autre semaine, on l'a découvert sur son bateau à la dérive, les bras en croix, avec sur le visage une expression de terreur qu'on ne voit que sur ces tableaux montrant les damnés en enfer.

– Comment sais-tu qu'il venait de l'île Sans Nom ?

– Parce qu'il s'y rendait souvent, signore. C'était son itinéraire favori. De nombreuses fois, il y a conduit des seigneuries très distinguées.

– Vraiment ? Et parmi ces seigneuries, un maître embaumeur, peut-être bien ?

– Ma langue doit rester muette ou le démon m'emportera aussi.

– Quel démon ?

Le batelier fit un geste vague vers les airs.

– Celui dont toute la ville parle : le démon ! Le démon de San Marco...

– Ridicule...

– Ce n'est pas un conte, je vous assure. Certains l'ont vu planer au-dessus du cimetière San Michele, en quête d'âmes à saisir. Un de mes amis a eu si peur que ses cheveux ont blanchi en une nuit.

Ardani fronça les sourcils.

– Si ton intention était de me dissuader, tu as échoué. Allons, active-toi. Je te promets une bonne récompense.

– À quoi me serviront les récompenses quand je serai mort ! maugréa le passeur, en changeant de cap à contrecœur.

À mesure que l'esquif approchait, l'île Sans Nom révélait ses contours inquiétants et austères sur le ciel embrasé. Rocher abîmé dans la lagune, hérissé de cyprès et de pins parasols, il étendait vers l'ouest ses quelques hectares de rocaille à l'écart des autres îles de la lagune, tout près du front de mer. Autour avaient été aménagés des viviers fournissant sûrement aux habitants provende de poissons et de crustacés.

Le monastère se dressait sur la partie la plus haute, laissant sa tour principale émerger telle une sombre sentinelle au-dessus des résineux. Le batelier aborda dans une anse minuscule. Sans attendre que la barque eût été tirée au sec, Ardani sauta sur un rocher. Fut-ce l'absence du moindre chant d'oiseau, du moindre appel de grillon, l'immobilité des arbres comme oubliés du vent ? Il éprouva une mélancolie diffuse, inexplicable.

– Hâtez-vous, signore, implora le batelier, peu rassuré. Il fera bientôt nuit.

Ardani n'eut cure de son avertissement. Il remonta un chemin pentu sinuant parmi les ifs. Un tourbillon de poussière se leva devant lui, l'obligeant à couvrir le bas de son visage. Ici, le crépuscule allongeait les ombres plus vite qu'ailleurs. Pourtant, quelque instinct poussait le jeune homme à aller de l'avant.

Comme il longeait un vieux cimetière parsemé de monuments décrépits, il vit surgir une procession de silhouettes encapuchonnées. Leur bure rudimentaire, noire de jais, caractéristique des Frères de la Vraie Croix, ne laissait guère de doutes sur leur identité. Surpris, Ardani esquissa un mouvement de repli. Il se dissimula derrière les branchages et les observa qui quittaient les lieux d'un pas lent et recueilli. Jugeant sa réaction puérile, il décida finalement de leur emboîter le pas.

Au détour du chemin, un mur couronné de pins inclinés barra le passage. Profitant de ce que les moines se faufilaient par l'imposante porte ogivale, le cavaliere se hâta en apostrophant le portier :

– Holà, mon bon père ! Attendez !

Le jeune moine dévisagea cet hurluberlu qui surgissait ainsi de nulle part. Les frères, à défaut de se mêler au monde, ne faisaient pas vœu de silence. Mais celui-ci, sans daigner répondre, lui referma sans s'émouvoir le battant au nez. Ardani entendit le glissement d'une lourde poutre, le ferraillement d'un trousseau de clés, et ce fut tout. Vexé, il inspecta les hautes murailles rébarbatives. Impossible d'entrer, à moins de se munir d'échelles et de cordes ! Il resta là un moment, à ruminer sa frustration, observant la tour. Derrière la plus haute croisée, il eut l'impression de distinguer une silhouette qui l'observait. La vision ne dura qu'un bref instant.

Il décida de regagner la rive. Puisqu'il en était ainsi, il reviendrait le lendemain, fort d'une escorte officielle, en espérant que le sceau ducal lui servirait de sésame. Comme il débouchait du chemin, il poussa une exclamation. La crique était déserte.

Barque et batelier n'étaient plus qu'un point sur la lagune.

– La peste soit des superstitieux ! marmonnait Ardani.

Il n'avait certes pas prévu une équipée de ce genre. Remontant le col de sa cape, il se mit en quête d'un endroit abrité. La nuit noyait déjà le paysage sous ses voiles opaques. L'humidité pénétrante se faisait sentir. Une brume glacée, insidieuse, enlaçait les ifs. Ardani frissonna. Il fut tenté d'aller cogner à la porte du monastère, mais l'accueil précédent avait blessé sa fierté et il s'en abstint. Il avait passé tant de nuits à la belle étoile, dans les bivouacs de l'armée, que la perspective d'attendre le matin sous un arbre ne l'effrayait guère.

Comme il longeait le cimetière, il se dit que l'endroit, plus abrité, conviendrait davantage. Il se glissa par une fissure béante dans le vieux mur et jeta son dévolu sur un imposant mausolée. Sûrement quelque noble avait été enterré ici, à en juger par les armoiries gravées sur le marbre dépoli, et les deux lions vénitiens qui flanquaient le portail massif.

Le cavaliere ramassa des écorces de pin et du bois mort, battit son briquet et surveilla avec soulagement la maigre flamme qui jaillissait parmi la fumée âcre.

« Eh bien dormons ! songea-t-il. Nous n'avons rien de mieux à faire avant l'aube… »

Il se rencogna dans une niche, grelottant sous ses habits trop fins. Mais le sommeil le fuyait. Trop de visions dansaient devant ses yeux. Sœur Innocenta… Iolanta était donc morte, à jamais enfouie sous ces voiles de deuil. Il se souvint de cette nuit de carnaval où les festons tissaient des toiles multicolores dans les rues, où les bateaux parés de dorures et de draperies défilaient à la lueur des torches sur les canaux. Tandis qu'il observait la fête, perché sur le pont du Rialto, il avait aperçu cette jeune fille masquée, toute de satin et d'or vêtue, qui glissait sur un esquif solitaire. Au même instant, elle avait levé les yeux vers lui.

Apparition d'un soir, apparition d'une vie.

Ardani avait suspendu son geste et son cœur ses battements.

Il avait abandonné les autres pages et s'était mis à courir tel un fou le long des fondamenti, bousculant cette foule indifférente et fiévreuse, pour ne pas quitter des yeux le songe qui s'éloignait.

Il l'avait poursuivi jusqu'au palais Cessi, dont le grand perron de marbre s'enfonçait dans l'eau améthyste. Il l'avait contemplé qui gravissait les marches, escorté de flambeaux si pâles en regard de la flamme qui grandissait dans son cœur.

– Venise maudite... gronda Ardani dans un demi-sommeil.

Un faible bruissement attira soudain son attention. En un clin d'œil, il fut debout, son épée à la main. De l'autre côté du feu, il distingua deux silhouettes encapuchonnées portant des torches. Il avait beau n'être pas superstitieux, il eut un mouvement de recul et se tint en garde.

– N'ayez aucune crainte, mon fils, dit le plus petit d'une voix fluette. Nous avons été attirés par votre feu.

Ardani abaissa prudemment sa lame, laissant les deux moines approcher. Leurs figures blafardes, burinées par les jeûnes et les privations de toutes sortes, inspiraient le respect. Ardani reconnut le plus jeune, celui-là même qui lui avait tantôt refermé le battant au nez. Son compagnon comprit la signification de son regard réprobateur :

– Frère Intempérant a pris peur tout à l'heure en vous voyant. L'île a mauvaise réputation, et il est rare que des visiteurs y abordent.

– Je vous dois des excuses, s'amenda le novice. Frère Récalcitrant m'a blâmé à juste titre. Consentez-vous à m'octroyer votre pardon ? Je... C'est important...

Ardani s'inclina :

– Considérez qu'il vous est acquis... Frère Intempérant ?

Un soulagement sincère se peignit sur son visage.

– Il est d'usage dans notre ordre d'adopter comme surnom notre défaut culminant, précisa Récalcitrant. Autrefois, mon compagnon était un grand buveur.

– Et lui avait la fâcheuse habitude de rosser ses semblables.

Le reproche se lut dans les yeux de

Récalcitrant. Cet échange réjouissant acheva d'apaiser la méfiance d'Ardani.

– Nous serions heureux de vous offrir l'asile pour la nuit, si vous l'acceptez, proposa Intempérant.

– Avec joie. Je crains que mon feu ne réchauffe que les insectes.

– Suivez-nous !

Intempérant ouvrit la marche, et c'est sans regret qu'Ardani abandonna son sinistre refuge. Comme ils quittaient le cimetière, il ne manqua pas de remarquer le regard chargé d'appréhension que lançait Récalcitrant en direction du ciel...

Les Frères de la Vraie Croix

Le monastère de l'île Sans Nom contrastait avec tous ceux que Ferrucio Ardani avait eu l'occasion de visiter. Une fois franchi le lourd portail roman, une cour rectangulaire semée de torches conduisait à la tour principale, où s'accotaient des dépendances diverses, dont une petite chapelle de construction plus récente. À coup sûr ce bastion n'avait pas toujours été dévolu à la prière. Les étroites meurtrières comme les portes basses aux solides huisseries laissaient supposer qu'il avait été érigé pour contenir des assauts venus du large.

À l'instar des autres ordres, les Frères de la Vraie Croix s'efforçaient de vivre de leurs propres ressources, cultivant, labourant, pêchant.

Les vignes qui s'étageaient sur le flanc sud du coteau attestaient de leur talent viticole.

Au sein de leur communauté, chaque moine exerçait une profession sinon deux et mettait ses compétences au service de tous. Ardani se remémorait ses connaissances tandis qu'il était conduit à travers d'étroits corridors blanchis à la chaux.

– Nous devons d'abord vous mener devant notre supérieur, expliqua frère Intempérant. Frère Gaëtano.

– À pareille heure ?

– Frère Gaëtano dort peu. Il dit que la nuit convient mieux à la méditation.

– Frère Gaëtano ne porte pas le nom de son principal défaut ?

Le moine prit soin d'étouffer son rire dans le creux de sa main.

– Non non. À force de privations et de prières, il est parvenu à se rendre maître de ses faiblesses. Je l'envie ! Il me reste tant à faire !

– Frère... le rappela à l'ordre son revêche compagnon.

– Je me borne à expliquer nos usages, frère, se défendit le bavard. Au bout de quelques années, celui qui a racheté ses fautes peut adopter un nouveau nom, un nom de bonne conduite. Frère Gaëtano vient de succéder en qualité de supérieur à frère Armando qui nous a quittés depuis peu. Le choix s'imposait de lui-même. C'est de loin le plus sage d'entre nous. Pour ma part, je ne vise pas si haut.

Il l'introduisit dans une salle basse qu'éclairaient furtivement des lanternes carrées. Un vieil homme au visage émacié, à la tonsure blanchie, siégeait derrière une longue table, manifestement absorbé par l'étude d'un grimoire dont un assistant nain tournait silencieusement les pages. Ardani ne voulut pas troubler sa méditation et attendit qu'il daignât lui consacrer son attention.

– Bienvenue en nos murs, mon fils ! lança soudain le vieil homme, d'une voix grave et tranquille.

Le nain referma le manuscrit et, sans un regard pour le visiteur, disparut par une porte latérale.

– Ne faites pas attention, c'est Vitto, mon serviteur. Il est sourd et muet. Nous ne sommes pas accoutumés aux visites. Nous préférons éviter tout contact avec les gens de l'extérieur. Le fruit d'une longue expérience nous a conduits à observer cette attitude. Mais la plus simple charité exigeait que nous ne vous laissions pas exposé aux rigueurs de la nuit. Le climat ici n'est pas sain. Nous sommes pris entre les marais et le grand large. Des premiers il faut redouter les miasmes, et de l'autre les terribles tempêtes. Un temps, cette île attirait pêcheurs et pèlerins de passage. Ce petit fort lui-même abritait une riche famille qui, dit-on, hébergea Léonard de Vinci lors de son séjour dans la République. Mais une épidémie de malaria a décimé la population, y compris les propriétaires de ce lieu. Les rares survivants ont fui vers Venise pour ne plus jamais revenir. Quand nous sommes arrivés, voici une vingtaine d'années, cette terre abandonnée nous a paru le meilleur endroit. Nul ne revendiquait le bastion. Nous l'avons transformé en lieu de prière.

– Je suis...

– Je sais qui vous êtes : Ferrucio Ardani, l'enquêteur plénipotentiaire du doge. Vivre en reclus ne signifie pas se désintéresser des nouvelles du monde. Et les nouvelles vont vite.

– Je l'ai constaté. Votre hospitalité en est la preuve.

– Notre ordre n'aspire qu'à la tranquillité. Nous n'avons point d'orgueil, nous ne demandons ni mitres, ni gloire, ni hautes fonctions au sein de l'Église. Seulement vivre en paix.

– D'où vient alors l'obstination de Rome à dissoudre votre ordre ?

– Mon fils, je vois que votre esprit est aiguisé. Connaissez-vous l'origine de l'ordre de la Vraie Croix ?

– Seulement ce que la plupart en savent...

– Mais on oublie fréquemment de dire qu'il fut composé dès ses origines par des frères venus d'horizons différents : dominicains, franciscains, bénédictins… unis par une même foi, mais plus encore par une même conception de la morale. Aucun ordre ne fut plus universel, ni plus ouvert. Il accueillit aussi, eh oui, des musulmans. Savez-vous ce que furent les croisades, cavaliere ? Le prétexte pour les chrétiens de piller les richesses de cette partie du monde et d'établir des comptoirs de commerce. À Saint-Jean-d'Acre, nous fûmes de ceux qui refusèrent l'attrait de l'or pour combattre dans les rues de Jérusalem, l'épée dans une main et les saintes Écritures dans l'autre. De cette épopée, nous avons rapporté un fragment de la Vraie Croix qui a donné son nom à notre communauté. Nous prônons la réconciliation entre les hommes, la vertu et l'indulgence. Non seulement dans nos paroles, mais dans nos actes quotidiens. Pour observer ces commandements fondamentaux de Notre-Seigneur, nous avons été traités d'hérétiques ! Nous avons été traqués, persécutés, massacrés comme des animaux.

Durant son vibrant plaidoyer, les joues si pâles du frère Gaëtano s'étaient empourprées.

– Rome a souvent cherché à nous anéantir, poursuivit-il un ton en dessous, presque confus de son emportement. Sa Sainteté le pape ne nous aime guère. Elle nous accuse à tort de déformer les paroles des Évangiles. Et pourtant, aimez-vous la Vérité, cavaliere ? On la cache souvent, telle une perle, sous de ténébreux atours. On la déguise, on la farde, par tous moyens on tente d'atténuer son éclat tant elle est aveuglante pour le puissant seigneur comme l'humble page... N'est-il pas étrange qu'un trésor si volatile et précieux soit justement celui dont les humains raffolent le moins ?

– Ce n'est pas là le langage d'un théoricien !

– Eh bien, nous sommes des hérétiques pour ne pas croire aux hérésies, nous sommes des démons pour refuser leurs tentations, tel est notre sort ! Seule Venise a consenti à nous accueillir, comme elle a offert un refuge à ceux que l'on persécute ailleurs. Venise est le dernier paradis de liberté en Occident, cavaliere. Qu'elle soit bénie ! Aucune force ne nous en fera partir. Non, aucune !

Le vieil homme ramena un sourire sur ses lèvres :

– Pardonnez ce qui ressemble à un discours d'usage pour l'hôte de passage.

– Ayez la bonté de satisfaire ma curiosité : comment saviez-vous que je me trouvais sur l'île ?

– En regardant par la fenêtre... Votre feu dans le cimetière était visible comme une étoile dans le ciel. Aussi ai-je pensé qu'il était bon de vous envoyer de l'aide.

– Je ferai mon possible pour ne pas troubler vos habitudes.

– Naturellement, vous êtes ici pour enquêter sur la mort de l'embaumeur Benvolio...

Ardani apprécia la franchise du vieux sage. Il répondit de même :

– En effet. J'ai eu l'idée de vous rendre visite dans l'espoir que vous m'éclaireriez. Benvolio et Abelardo ont été récemment vos hôtes... Et ils sont morts.

– Nous les avons accueillis pour embaumer notre supérieur défunt. Cette pratique n'est pas si courante, je sais. Mais si vous aviez connu frère Armando, vous comprendriez nos raisons. C'était un homme unique. Un saint. En lui paraissaient se réunir toutes les vertus. Quand la maladie l'a emporté, ce fut une terrible perte. Nous avons décidé de l'inhumer sous la chapelle, où nous avons fait creuser un caveau, afin qu'en foulant son sol, nous ayons l'illusion peut-être de puiser un peu de la sagesse qui a été sienne. Il nous manque cruellement. Sans ses lumières, nous sommes des enfants égarés dans la nuit. Sa charge est bien lourde à porter, pour moi qui lui ai succédé.

– La rumeur parle d'un démon…

– Je ne crois pas à ces contes.

– Ni moi. Bien que nul n'ait percé certains mystères dans l'univers…

– Cette conversation m'a donné grand plaisir, mon fils. Il ne serait pas sage de brûler davantage les chandelles. Allez vous coucher. Nos cellules ne sont guère confortables, mais leur dénuement aide à la paix de l'âme.

Ardani s'inclina. Dans le couloir, frère Intempérant attendait patiemment que l'entrevue prît fin.

– Je crois qu'il était trop heureux de parler à quelqu'un de l'extérieur, souffla-t-il malicieusement. Venez, je vous montre votre chambre.

Il le guida à travers des galeries silencieuses et humides, jusqu'à une enfilade de portes situées dans une aile éloignée. Il ouvrit l'une d'elles avec un imposant trousseau, révélant une cellule étroite, meublée d'un seul lit et d'une table bancale où une main attentionnée avait disposé un frugal souper composé de pain, de fromage et d'un petit pichet de vin.

– Je vous laisse la chandelle. Le premier office est à cinq heures. Je…

– Oui ?

Le frère hésita, jeta un coup d'œil anxieux à chaque extrémité du couloir, avant de poursuivre à voix basse :

– Vous le cherchez ?

– Qui donc ?

– Je vous ai entendu à travers la porte... Le démon !

Ardani attira le jeune moine à l'intérieur et referma vivement la porte sur eux.

– Que savez-vous à son sujet ?

L'autre prit soudain peur et fit un geste pour s'échapper. Mais Ardani lui coupa toute retraite.

– Parlez, frère Intempérant. Vous connaissez son existence ?

– Dieu me pardonne ! Il ne faut rien dire... C'est un sujet interdit. Pourtant, plusieurs d'entre nous l'ont déjà vu, frôlant la cime de ces arbres. Moi-même, je... C'est une chose ailée et gigantesque, volant sans un bruit, et le pire... il a une tête humaine et de longs cheveux. C'est un ange de la mort ! Il est passé au-dessus de la tour et a disparu...

– Il y a longtemps ?

– Peu après la mort du frère Armando. Ah, funeste perte ! Nous voilà maintenant guettés par le Malin !

Deux coups sévères ébranlèrent le battant.

– Frère Intempérant, on vous attend dans la bibliothèque !

L'interpellé pâlit.

– Tout de suite ! Tout de suite, frère Récalcitrant !

Et ramassant les pans de sa robe, il fila précipitamment, laissant Ardani seul avec ses pensées. Celui-ci suspendit sa cape et son épée au pied de la paillasse, puis fit un sort à la modeste collation. Pensif, il s'étendit sur la couche sans confort. Il n'avait pas sommeil. Trop de pensées tourbillonnaient dans son esprit.

Ardani ne croyait pas aux démons. Mais les assertions du batelier tantôt et maintenant les révélations angoissées de frère Intempérant commençaient à le faire douter. Son énervement était tel qu'il dut bientôt se relever. Il se mit à marcher de long en large. Il ne songeait plus à la réhabilitation de son nom, ni même à Iolanta. Son esprit n'était plus obsédé que par le désir de trouver le coupable. Il avait le sentiment que le nœud de l'intrigue se trouvait ici, entre ces murs sombres et austères qui jadis avaient abrité son idole, Léonard de Vinci.

– Grand maître ! invoqua pitoyablement Ardani, illumine mon pauvre cerveau ! J'ai tant besoin de lumières !

Il n'avait pas plus tôt murmuré ces paroles qu'il se figea, frappé par la brillance d'une pensée qui venait de l'effleurer.

– Ce serait par trop extraordinaire ! s'exclama-t-il. Pourtant les éléments concordent ! Ferrucio Ardani, ton pauvre esprit tiendrait tout entier dans une cuillère !

Il souffla sa bougie et entrebâilla sa porte. Personne en vue. À cette heure tardive, les moines devaient sacrifier au sommeil réparateur. Il se glissa hors de la cellule. Sur la pointe des pieds, il longea le corridor jusqu'à un escalier en colimaçon et rejoignit l'entrée principale.

Lentement, il tira le loquet et sortit dans la cour embrumée. La fraîcheur de la nuit le fit claquer des dents. À sa gauche se dressait la modeste chapelle, dont la disposition des vitraux évoquait le masque de quelque créature ténébreuse.

Il courut jusqu'à la porte. Elle était verrouillée mais, avec la pointe de sa dague, il eut tôt fait d'en venir à bout. Le battant grinça légèrement tandis qu'il se faufilait à l'intérieur. Il alluma un cierge pour mieux voir. Ici, point de ces arcs élancés qui faisaient la gloire des nouvelles réalisations, point de ces volutes rehaussées de feuilles d'or ou de ces sculptures finement ciselées par la main d'artistes prestigieux. L'art de la Renaissance n'avait pas atteint cette voûte basse et trapue qui écrasait l'architecture austère de ce vestige moyenâgeux. Les vitraux d'un bleu uniforme évoquaient des saints dont l'aspect blême et squelettique ajoutait au sentiment d'oppression.

À la croisée du transept, l'attention d'Ardani fut sur-le-champ attirée par la modification du pavement. Ici, les vieilles pierres d'origine cédaient place sur un large espace à du salizo[1] plus récent taillé en dalles presque égales. Une inscription était gravée :

Frère Armando Buscia, 1471-1536

Sans s'émouvoir de ce qu'il foulait une tombe, Ardani s'agenouilla et se mit en devoir, l'oreille collée au sol, de faire résonner chacune des dalles avec le pommeau de sa dague. L'écho qu'elles rendirent ne tarda pas à le convaincre qu'il devait exister dessous une vaste cavité.

« Trop vaste pour n'abriter qu'une tombe, songea Ardani. Il y a sûrement autre chose. »

Il s'acharna sur la jointure avec sa lame, sans résultat. Il se perdait en conjectures lorsqu'un bruit de pas le fit tressaillir. Il n'eut que le temps de se jeter derrière un pilier. La porte s'ouvrit toute grande et une nuée de flambeaux jeta des reflets écarlates sur les murs vierges.

– Vous pensez qu'il a pu s'introduire ici ?

– La porte était ouverte.

1. Pierre du pays.

– Vous avez aussi bien pu oublier de la refermer, frère Impénitent.

– M'accusez-vous de négligence, frère Récalcitrant ?

– Il suffit. Cherchez, il n'est pas loin.

– Que ferons-nous de lui si nous le trouvons ?

– Vous le savez... Vous autres, fouillez chaque recoin.

Se déplaçant dans l'ombre portée du pilastre, Ardani parvint à prendre les frères à revers et tandis qu'ils fouillaient le chœur, il se glissa discrètement hors de l'édifice. Le monastère entier paraissait en alerte. Longeant les dépendances, Ardani ne trouva qu'à se dissimuler dans l'une des étables. Il bondit sans réfléchir par-dessus un enclos et, à son profond dégoût, s'affala dans une gadoue nauséabonde...

Une porcherie ! Les cochons éveillés par son intrusion vinrent le renifler sans aménité. Ils menaçaient de le piétiner, aussi se laissa-t-il rouler derrière une auge. À cet instant, une silhouette se découpa à l'entrée.

– Il y a quelqu'un ?

Dague au poing, Ardani observa l'homme qui approchait, une torche à la main. Il ignorait les intentions de ses hôtes, ou même si c'était à lui qu'on en voulait. Mais il n'était guère disposé à se laisser prendre.

Il bondit sur l'individu... pour découvrir le visage interloqué de frère Intempérant. Le face à face dura quelques secondes. Sans qu'un mot fût prononcé, le novice se retira lentement de l'étreinte.

– Ne restez pas ici, lui souffla-t-il.

– Que cherchent-ils de la sorte ?

– C'est Récalcitrant et les autres. Ils n'ont rien dit, juste de fouiller partout. Je crains pour vous, cavaliere.

– Comment puis-je sortir d'ici ?

– Là-haut.

Ardani remercia le moine effrayé. Il escalada rapidement une échelle menant à la remise de foin. Il eut la bonne surprise de trouver une lucarne. Avec la souplesse d'un acrobate, il s'accrocha au rebord et se hissa par l'ouverture. Il se rétablit promptement sur le toit et, à demi penché, se mit à courir sur les tuiles. En bas, la cour grouillait de torches et résonnait d'appels et de cris.

À l'extrémité du bâtiment, une branche de pin se balançait mollement. Ardani prit son élan, l'attrapa au vol et atterrit sur le chemin de ronde en fléchissant les jarrets. Puis il enjamba vivement le parapet et se laissa tomber de l'autre côté. Mais les pierres roulèrent sous ses semelles. Perdant l'équilibre, il dévala lourdement la pente sur le dos jusqu'à être freiné par des taillis.

Un peu étourdi, il dut secouer la tête pour remettre ses idées en place. Il se trouvait au fond d'un ravin, le visage en sang et l'épaule douloureuse. Au sommet du rempart, il aperçut la clarté des flambeaux. Il s'aplatit au sol. L'ombre des arbres dissimulait sa présence. Il attendit un moment avant de s'éloigner en rampant.

Lorsqu'il regagna le rivage, le jour pointait à peine.

Ardani escomptait, avec un peu de chance, attirer l'attention d'un bateau de passage. Comme il débouchait sur une digue naturelle constituée par un amas de roches, une gigantesque forme noire occulta soudain les étoiles pâlissantes. Un courant d'air l'avertit d'un mouvement. Il fit volte-face. La terreur le glaça jusqu'aux os. Une créature inimaginable fondait sur lui tel un oiseau de proie. Une fraction de seconde, il eut le temps de distinguer ses ailes démesurées et membraneuses, son faciès jauni et grimaçant au mufle noir et énorme. Il se jeta à terre et put sentir le souffle des ténébreuses rémiges le frôler. Il dut faire appel à toute sa raison pour ne pas céder à la plus affolante panique.

Titubant, il se remit sur pied et fonça droit vers l'extrémité de la jetée. Un seul mot déchirait ses pensées :

« Le démon ! »

La créature fabuleuse décrivait déjà un demi-tour et revenait sur lui. Si vite qu'il pût courir, son avance fondit rapidement. Une fine nuée de poudre verte se répandit dans les airs. Ardani se boucha le nez. Sous ses pieds s'ouvrait le vide. Il s'y jeta et les eaux mortifères de la lagune se refermèrent sur lui.

Ardani s'entête

La première chose que discerna Ardani en s'éveillant fut un visage de madone nimbé d'une clarté surnaturelle. Sa première pensée fut qu'il avait peut-être eu tort, sa vie durant, de ne point trop croire à l'existence du ciel et que, somme toute, la mort était plus douce qu'on ne le supposait. Mais lorsque la figure rouge de Piccolmano vint se substituer à l'adorable vision, il comprit soudain qu'il était toujours de ce monde et cela lui tira une grimace :

– Regardez ! Il revient à lui ! Ah, maître !

– Par pitié, Piccolmano, cesse de brailler dans mes oreilles ! implora Ardani en se dressant sur un coude. Toutes les cloches de Venise résonnent sous mon crâne…

Il jeta un coup d'œil alentour et ne reconnaissant pas le décor de cette chambre calme, amoureusement fleurie, demanda avec inquiétude :

– Où suis-je ?

– Au couvent Della Pieta, répondit le valet, sous la sainte garde des sœurs. C'est ici que des pêcheurs vous ont transporté au petit matin, à demi inconscient et les vêtements en lambeaux. Ils vous ont trouvé presque noyé flottant au large de l'île Sans Nom.

– Je n'en ai aucun souvenir. La dernière chose dont je me souvienne, c'est cette... créature qui volait au-dessus de moi.

– Quoi ? Vous l'avez vu ? Le démon ?

– J'ai dû me jeter dans la lagune pour éviter la poudre assassine. Je l'ai vu, pour ça oui, et sa vision risque à jamais de hanter mes nuits si je ne trouve pas une explication rationnelle.

– Maître, il faut retourner à Vérone. On ne peut rien contre de telles choses, je vous assure.

– Qui était là, près de moi, à l'instant ?

– Une nonne aussi belle que dévouée qui n'a cessé de vous veiller depuis hier : sœur Innocenta. Si vous voulez mon avis, c'est malheur que d'enfermer si belle fleur entre des murs, fussent-ils couverts de roses !

– Innocenta... Je suis bien de cet avis, soupira Ardani. Hier, dis-tu ? Suis-je resté inconscient si longtemps ?

– Hélas oui. Et j'ai cru que vous y passiez !

– Et toi, comment es-tu ici ?

– Dans votre délire, vous avez demandé qu'on aille me quérir à l'auberge où je me morfondais en attendant votre retour. J'ai apporté Esmeralda, ainsi que vous l'avez spécifié.

– J'ai spécifié… Esmeralda ? Après tout peu importe. Tu as bien fait. Où est-elle ?

– J'ai laissé sa cage sur la gondole qui m'a amené. Le passeur est un brave homme.

– Espérons-le. S'il arrivait quelque chose à cet oiseau, tu t'en repentirais.

Piccolmano prit un air embarrassé.

– Je crains d'avoir été suivi…

– Suivi ?

– Tout doux ! Je n'avais aucune raison de cacher mon départ, et d'ailleurs j'étais trop bouleversé pour cela ! Quatre hommes… Ils ont loué une embarcation juste derrière moi. À mon avis, ils sont à Burano. À défaut d'entrer dans le couvent, Dieu seul sait ce qu'ils complotent en attendant là dehors.

– Sûrement nos manieurs de bâton de l'autre soir. Ils doivent avoir pour consigne de nous surveiller pour le compte de Landolfini. Ne nous soucions pas d'eux pour l'instant. Le moment est malvenu pour être retardés.

Le jeune homme se mit sur son séant avec précaution. Apparemment, son escapade ne lui avait coûté que quelques contusions.

Mais la tête lui tournait encore. Il constata avec stupeur qu'il était nu.

– Qui m'a dévêtu ?

– Est-ce que je sais ? Je vous ai apporté des habits, ainsi que la Mère supérieure me l'a conseillé.

Sur ces entrefaites, la porte s'ouvrit et sœur Innocenta reparut. Ardani ne put s'empêcher d'éprouver un pincement au cœur. Il détourna les yeux et sa physionomie s'assombrit. Son valet devina qu'il était de trop et préféra s'éclipser. La jeune nonne caressa affectueusement la tête du garçon au passage.

– C'est un bien gentil garnement. Quel âge a-t-il ?

– Lui-même ne le sait pas trop. Il a été abandonné fort jeune. Je lui donne seize ou dix-sept ans.

– Il semble vous être dévoué corps et âme. Quel drôle de nom, Piccolmano…

– Un sobriquet qu'il ne veut troquer contre aucun autre. C'est rapport à l'habileté de ses mains, qu'il n'a pas toujours utilisée au mieux. C'était un voleur des rues lorsque je l'ai connu.

– Lui ?

– Parfaitement, un vrai gredin. Nous avons lié connaissance sur le marché de Vérone. Il essayait de soustraire ma bourse, avec je dois le dire une dextérité remarquable. Je l'ai pris sur le fait. Il m'a supplié de ne pas le livrer à la justice, promettant en échange d'être corvéable à merci pendant un an. N'étant à l'époque guère fortuné, j'ai volontiers souscrit à ce pacte. À l'issue de ce délai, il n'a plus voulu me quitter. Il ne gagne pas grand-chose à me servir, mais il semble se plaire en ma compagnie. Je lui ai appris à lire, écrire, manier l'épée. Je lui ai fait connaître les poètes, les mathématiciens. Il a un esprit très vif, et le sens de la repartie. Trop à mon goût, parfois... Il me quittera un de ces jours. Il veut devenir marchand et parcourir l'Orient. Je l'en crois capable.

– Quelle grande ambition !

– Mais il est encore loin d'être prêt.

– Ainsi, vous l'avez remis dans le droit chemin...

– Puissé-je y parvenir pour d'autres brebis égarées !

– N'usez pas avec moi d'un langage qui ne vous sied guère.

– Préfères-tu le style galant ? Passionné ? Des rimes ? Des baisers ? Parle, je n'en puis plus.

Il se jeta à ses pieds et lui prit les mains.

– Vous êtes ridicule, le sermonna-t-elle.

– Ridicule ? Viens à Vérone, et je te conterai l'histoire entendue de Juliette, qui aima un certain Roméo pourtant issu d'une famille haïe ! Que ne sais-tu ces amours qui émeuvent les pierres les plus dures, détournent le cours des rivières et devant lesquelles les astres eux-mêmes s'inclinent ! Je suis un bien piètre poète mais je trouverai les mots d'enfant qui fléchiront ton cœur, les mots d'amant qui ôteront les mille voiles de tes atours sans jamais glisser sur ta peau, je...

Une vieille sœur très digne, aux joues ridées, entra à cet instant précis et considéra la scène avec stupeur.

– Par tous les saints, ne pourriez-vous au moins vous vêtir pour débiter de telles inepties ? Laissez-nous seuls, sœur Innocenta.

– Pardon, je...

La jeune femme se hâta de disparaître, sous le regard réprobateur de la supérieure. Celle-ci se tourna vers Ardani sans indulgence, lequel se hâta de se ceindre de sa couverture.

– Est-ce ainsi que vous récompensez notre hospitalité ? En cherchant à troubler le cœur de mes pensionnaires ?

– Mille pardons, ma mère. Je manque en effet à tous mes devoirs. Cela ne se reproduira pas. D'ailleurs je pars.

– Dois-je comprendre que sœur Innocenta vous était connue avant de prendre le voile ?

– Elle était ma fiancée, ma mère. J'eus ses vœux avant quiconque, où qu'il règne, sur terre comme au ciel.

– C'est donc vous, le fils Ardani ? Je comprends mieux pourquoi l'autre jour, lors de votre visite, vous ne teniez guère à décliner votre identité. J'ai toujours su les raisons qui ont conduit sœur Innocenta en nos murs. Voilà pourquoi en dépit des pressions de sa famille, et d'elle-même, j'ai veillé à ce que cette jeune personne ne prononce pas ses vœux définitifs.

– Comment ? Que voulez-vous dire ? Serait-elle toujours novice ?

– Sœur Innocenta n'est que fiancée à Notre-Seigneur. Elle n'est point encore son épouse.

Le visage d'Ardani s'éclaira d'un coup.

– Est-ce possible ? Elle pourrait... Nous pourrions... Ah, ma mère, vous me rendez l'espoir, plus encore, la foi ! Vous êtes digne des anges, digne de...

– Je vous en prie, gardez vos tournures pour d'autres. Et connaissant votre impiété notoire, je doute avoir rendu la religion à qui n'en eut jamais. Mais je ne suis pas venue ici pour cela. Est-il exact que vous ayez passé la nuit au monastère de l'île Sans Nom ?

– Les nouvelles vont donc si vite ?

– Vous aviez la fièvre. Vous avez déliré. Nous avons craint pour votre vie. Et votre valet, qui ne sait guère tenir sa langue, m'a informée des raisons de votre séjour à Venise. Si vous voulez un bon conseil, cavaliere, évitez les Frères de la Vraie Croix.

– Je m'y suis efforcé une bonne partie de la nuit.

– Ils ne sont pas gens à laisser des profanes s'immiscer dans leurs secrets. Les pires rumeurs circulent à leur sujet. Le doge a l'intention de promulguer un décret les chassant de la Sérénissime.

– Ce qui serait la voie ouverte à leur excommunication, laquelle semble si ardemment souhaitée par Rome. Pourtant, rarement j'entendis un moine parler de manière aussi sensée que le frère Gaëtano. Les chasser, dites-vous ? Mais la Sérénissime a toujours eu pour principe d'accueillir les opinions les plus diverses, les plus libres...

– Mon fils, j'ai assez vécu dans le monde pour savoir que la diplomatie gouverne chacun des actes d'une cité comme la nôtre. Venise se vante de ne laisser personne infléchir sa politique, fût-ce l'Église. Cependant, les pressions extérieures pèsent de plus en plus lourdement sur les épaules du doge et des sénateurs. L'indépendance se paie toujours un prix.

– Je sais cela. Le doge a néanmoins offert asile à ces moines et par là même promis de veiller à leur sauvegarde.

– Les promesses sont telles des fleurs d'avril, vite écloses et tôt emportées par le vent.

Ardani réfléchit un bref instant. Un sourire lui vint.

– Ma mère, je vous sais gré d'avoir éclairé mon jugement. En vérité, je crois que mon enquête touche à son terme. Mais si ma théorie est bonne, alors je dois agir sans tarder.

– Soyez prudent, cavaliere... À Venise, il n'est pas bon de remuer la vase de la lagune.

Sur ces mots, elle se retira. Ardani rejeta la couverture et enfila prestement le pourpoint propre et ceignit dague et épée. Quand il fut prêt, il appela d'une voix forte :

– Piccolmano ! Piccolmano ! Où diable est passé ce bougre ?

Le bougre en question ne tarda pas à reparaître. Il considéra d'un mauvais œil son maître vêtu de pied en cap.

– Voilà qui n'est guère sage ! Vous devriez rester au lit.

– Allons donc, je suis tiré d'affaire. La moutarde de Saint-Jean-d'Acre semble m'avoir épargné. Suis-moi !

– Je connais cette figure-là. Serait-il possible que vous ayez découvert l'assassin ?

Ardani le fixa d'un regard étonné :

– En doutais-tu ?

Querelles

– Quoi ? Vous l'avez percé à jour ? Pour de bon ? Je vous en conjure, ne me laissez pas dans l'ignorance ! Qui est-ce ?

– Qui, Piccolmano ? Léonard de Vinci, voilà le coupable !

– Sauf votre respect, il est mort voici des lustres. Si c'est là votre trouvaille ! Léonard de Vinci ! Encore une de vos extravagances…

Sans l'écouter, Ardani dévalait l'escalier. Par l'une des croisées, il aperçut sœur Innocenta assise près de la fontaine. Il tourna ses pas vers elle et s'inclina très bas :

– Ma sœur, je dois prendre congé.

– Je suis heureuse de vous voir si promptement remis.

– Je désire votre bénédiction.

Le regard de la jeune femme se voila imperceptiblement.

– Je suis heureuse que vous me voyiez telle que je suis aujourd'hui.

Elle fit un geste pour poser sa main sur son front. Plus vif que l'éclair, il s'en empara et la baisa avec ardeur.

– Êtes-vous fou ?

– Crois-tu que j'allais me résigner à mon sort ? Le crois-tu ? Pas une heure, pas même un instant. Je t'aime. Pardonne ! Mon cœur se brise ! Je dois partir... Je puis ne jamais revenir !

– Encore une de vos vieilles ruses.

– Soit.

Il se releva, tête baissée. Sœur Innocenta cilla, indécise :

– Dites-vous vrai ?

– Peu importe. Je viendrai à bout de tout si tu promets de quitter ce couvent, de me suivre à Vérone, où les fontaines murmurent déjà ton nom pour mieux l'enseigner à ma voix. Tu m'as caché que tu étais encore novice...

– Peu importe mon rang. Ma place est ici.

– Ici, oui, où ton cœur achèvera de se consumer, se desséchant loin des bonheurs terrestres. Quand les premières rides se poseront sur ton front, quand l'éclat de ton regard aura pâli, tu songeras à cet instant où tu tenais mon sort et le tien entre tes mains. Suis-je sot ! Même ainsi je t'aimerai encore et davantage... Retourne entre tes murs sombres. Médite sur la vanité de ta solitude. Je ne te troublerai plus.

Dépité, il se dirigea vers la sortie, suivi comme son ombre par Piccolmano qui avait assisté ébahi à l'entretien.

– Quoi, vous la connaissiez et vous ne m'en disiez rien ?

– Que t'importe, gredin !

– Maître, si vous désirez retourner à Venise, il est temps : la nuit ne va plus tarder à tomber...

– Qui parle de rentrer à Venise ?

– Le bon sens !

La porte du couvent se referma derrière eux. Ardani s'arrêta au beau milieu de la rue.

– Regarde-moi ! Le mot « stupide » est-il inscrit sur mon front ?

– Pas que j'aie remarqué.

– Non ? Et pourtant ! Dès l'instant où Landolfini est venu me chercher, je n'ai été que le jouet des autres. Chacun m'a tenu entre ses mains tel un atout que l'on se passe au gré de la donne. Le doge, Landolfini, frère Gaëtano... Il n'est pas jusqu'à cette mère supérieure qui ne surveille avec intérêt de quelle manière je la débarrasserai de voisins trop gênants... Ah, Vénitiens retors, comme je vous exècre !

– Je ne comprends rien à ce que vous dites !

– Qu'ils sont habiles d'avoir ainsi misé sur mes défauts, mes faiblesses, mes blessures ! Les uns me déroutent tandis que les autres me guident en secret. C'est bien fini. Rien ne m'empêchera de mettre à jour leurs trahisons à tous. Viens.

Ardani refusa d'ouvrir la bouche jusqu'à ce qu'ils fussent sur le port.

– Médite ceci, Piccolmano : l'esprit ne dort jamais. Même pendant notre sommeil, une minuscule étincelle veille encore. À cette lueur ténue, nos pensées s'agitent et se heurtent comme des lucioles. L'esprit en somme nous échappe, vagabonde en dépit de tout… Voilà pourquoi ce qui paraît obscur au coucher devient limpide comme source à notre réveil. Me suis-tu ?

– Je dis que les effets de ce maudit poison ne se sont pas entièrement dissipés. Vous êtes plus fou qu'avant ! Me direz-vous ce qui s'est passé au monastère la nuit dernière ?

– Plus tard, car en parlant de fou…

Un gros homme arrivait vivement vers eux en agitant les bras.

– C'est le brave passeur qui m'a conduit ici, s'inquiéta Piccolmano.

– Signori, s'écria le bonhomme dès qu'ils furent à portée de voix. Vous voilà enfin ! Ils sont quatre, avec une mauvaise mine et de longues épées. Ils font le siège de ma gondole depuis des heures. Ils en ont après vous, c'est certain...

– La colombe, qu'en as-tu fait ? demanda Piccolmano.

– Ils l'ont prise, signore.

À ces mots, une expression de colère passa sur le visage d'Ardani. Écartant le batelier de son passage, il marcha droit vers la pointe où les spadassins en question, drapés de capes grises et de larges chapeaux, se prélassaient négligemment sur des tonneaux dont ils empêchaient l'embarquement. Ils avaient juché la cage d'Esmeralda sur l'un d'eux et, à tour de rôle, excitaient l'oiseau affolé avec la pointe de leur dague. À distance, les pêcheurs n'osant intervenir avaient formé un cercle.

En voyant Ardani le traverser d'un pas décidé, les sicaires se rassemblèrent aussitôt. Le plus grand d'entre eux, un borgne à la figure couturée de cicatrices, lança goguenard :

– C'est un bel oiseau que vous tenez là, signore ! Il m'est avis qu'il serait parfait en civet ! Qu'en dites-vous ?

Ardani remarqua une goutte de sang sur le plumage de sa protégée. Il devint livide :

– J'en dis que quatre hâbleurs tourmentant un pauvre volatile sont juste dignes d'être coiffés de sa fiente.

Les compères se dévisagèrent, feignant la surprise.

– Eh quoi, c'est là toute la réplique qu'on pouvait attendre d'un poète tel que vous ?

– Non pas, mes beaux sires !

Il mit si vivement flamberge au vent que les sicaires eurent un mouvement de recul.

– Pour plume j'ai aussi mon épée.

Plié sur ses jarrets, poing gauche à la hanche, il pointa à tour de rôle ses adversaires. En un clin d'œil, la place avait été désertée. Le regard du cavaliere luisait d'une excitation presque joyeuse.

– Eh quoi, mes amis ! Où est passée votre verve ? Je suis seul et vous êtes quatre... Songez qu'on vous regarde !

Hésitants, les spadassins dégainèrent. Ardani chassa de quelques pas sur sa gauche, pour s'ouvrir un terrain plus large. Lorsqu'ils fondirent sur lui, il para en prime puis tierce et sixte et, avec une force étonnante, parvint à réunir les lames ennemies en un faisceau qu'il repoussa largement.

– Le bâton vous sied mieux, les railla-t-il. Comme il en va avec la piétaille !

Il attaqua à son tour, brisant leur rang avec une vaillance qui sema la panique. Le plus petit commit l'erreur de découvrir son flanc. Ardani lui porta une botte si foudroyante qu'en le voyant s'effondrer ses complices ne comprirent pas immédiatement qu'il venait d'être mortellement touché. Piccolmano avait bondi à son tour, dague au poing, et s'efforçait de détourner l'un d'eux.

D'un deuxième scélérat, Ardani fit bonne mesure en l'entraînant dans les filets de pêche tendus sur la rive. Il le harcela si bien de tous côtés qu'il finit par l'enrouler dans les mailles et l'assomma d'un coup de pommeau. Du troisième, il n'eut aucune peine à trouver la faille et lui entailla si gravement le poignet qu'il ne pourrait plus tenir un objet de sa vie. Faisant volte-face, il escalada les tonneaux et prêta main-forte à son valet, lequel était en fâcheuse posture devant le borgne. Celui-ci combattait épée dans la main droite, dague dans la gauche.

– Garde milanaise ? s'enquit Ardani. Elle ne vaut rien.

Il se lança dans un assaut furieux, décrivant maintes feintes et arabesques qui obligèrent le sicaire à rompre, toujours plus vite, toujours plus loin, laissant la poitrine à découvert. L'instant fatidique arriva où le fer vif-argent d'Ardani s'engouffra par l'ouverture. Le brigand poussa un cri et mit genou à terre. Il considéra avec étonnement la rose pourpre qui fleurissait sur sa chemise, à la jointure de l'épaule gauche. Ardani fut sur lui comme un fauve et piqua sa gorge avec sa pointe.

– Tu as de la chance. Je n'ai pas le cœur à en transpercer aujourd'hui. Donne-moi une raison de te laisser la vie.

– J'exécute les ordres.

– La belle affaire. Qui te les donne ? Landolfini ?

– Oui... Il veut que vous quittiez Venise.

– Retourne lui dire que l'heure du jugement arrive...

Abandonnant le blessé à la vindicte de la populace hostile, il rejoignit Piccolmano qui, haletant, se tenait plié en deux, les mains sur les genoux.

– Parole, plus jamais je ne prendrai vos cours d'escrime à la légère. Je ne suis pas encore prêt à devenir marchand.

Ardani lui tapa amicalement sur l'épaule.

– Remets-toi.

– Du moins nous tenons notre coupable ! Votre vieil ennemi, cette fripouille de Landolfini !

– Crois-tu ?

– Quelle autre raison aurait-il de vouloir nous trouer la panse ?

– Tu ferais un fameux enquêteur ! En attendant, loue la gondole un bon prix.

– Quelle drôle d'idée ! Pourquoi louer le bateau quand nous avons déjà le passeur avec ?

– Donne au brave homme de quoi passer une joyeuse soirée à l'auberge. Je sais d'expérience que là où nous allons, les passeurs ont tendance à oublier leurs clients sur le sable. Et procure-toi des torches.

– Nous ne retournons pas à Venise ?

Sous le regard réprobateur de son maître, Piccolmano courut s'acquitter de sa tâche. Le gondolier parut ravi de cette opportunité et salua bien bas après avoir empoché quelques beaux ducats.

Pendant ce temps, Ardani avait retiré Esmeralda de sa cage. Il la laissa se percher sur son doigt, et la contempla qui se toilettait. Elle n'était qu'égratignée. Il la cajola avec douceur.

– Esmeralda, bel ange, il est temps que nous nous séparions. Bon voyage et prends garde aux faucons...

Il éleva ses deux mains vers le ciel, lui signifiant de partir. L'oiseau parut hésiter puis rapidement prit son essor et disparut comme une flèche blanche dans les rayons du couchant. Revenu entre-temps, Piccolmano poussa un cri :

– Eh ! Qu'avez-vous fait ?

– Il est écrit que tous les êtres auxquels je m'attache doivent me quitter un jour. Elle me manquera.

– La situation est donc si grave que vous avez... ?

– Je le crois, Piccolmano. Il va nous falloir jouer serré. L'adversaire est de taille et sans pitié.

– Croyez-vous qu'Esmeralda ira... là où elle doit aller ?

– Espérons-le !

La griffe et la dague

Il faisait nuit lorsque les deux hommes accostèrent fort discrètement sur l'île Sans Nom. Ils tirèrent leur embarcation au sec et se hâtèrent vers la lisière des pins. Ardani ne cessait de surveiller le ciel. Piccolmano le suivait, mal à l'aise. Durant le trajet, son maître lui avait narré en détail son bref séjour de la veille au monastère.

– Nous devrions revenir demain avec une escorte, plaida-t-il. Ce serait plus sage…

– Justement non, mon ami. Il nous faut agir vite ou les preuves que j'espère se seront envolées. D'autant que je soupçonne fortement quelqu'un au palais de renseigner très précisément ces frères sur ce qui se passe hors de leur cloître.

– Mais le démon ! Avez-vous songé au démon ?

– Je ne songe qu'à cela, au contraire. C'est la raison pour laquelle il nous faut rester à couvert. Suis-moi.

La lune jetait quelques rayons las parmi les branchages. S'aidant de sa dague, Ardani se fraya un chemin parmi les broussailles.

– Maître, expliquez-moi une chose : pourquoi vouloir à tout prix retourner en un lieu dont vous avez eu tant de peine à fuir ?

– Âne bâté, ne comprends-tu pas que chaque fil de notre enquête nous ramène ici, jusqu'à un nœud qu'abrite cet ancien bastion… Silence, à présent.

Ardani s'accroupit et l'obligea à faire de même. Devant eux se dressait le mur du vieux cimetière. À sa vue, Piccolmano esquissa le geste de battre en retraite. Son maître le retint fermement par le bras.

– Où vas-tu ?

– Vous voulez entrer dans un cimetière la nuit ? se rebella l'adolescent. Cela vous va, à vous qui n'avez aucune religion et traitez ces choses avec la légèreté d'un libertin. Mais je suis croyant, moi. Et vous ne m'obligerez pas à déranger les morts à pareille heure !

– Tu viendras même si je dois te piquer les fesses !

– Vous le feriez ?

Ardani fit miroiter sa lame avec un sourire entendu :

– Passe devant.

À contrecœur, Piccolmano se glissa par la faille, le suivant de près. La vision de la nécropole emmitouflée de brume, immobile et blême, lui dessécha la gorge. Ardani lui désigna le mausolée au pied duquel il avait trouvé refuge la nuit précédente, avant d'être emmené par les moines :

– Voilà l'endroit. Lors de ma dernière visite, j'ai vu toute une procession sortir de ce côté. Sur l'instant, le détail ne m'a pas frappé. Sûrement parce que je suis une bûche.

– Vous êtes une bûche !

– Qu'as-tu dit ?

– Rien maître.

– Pourtant, j'aurais dû comprendre sur-le-champ lorsque ces deux moines me sont apparus ! S'ils étaient arrivés par la grille, elle aurait grincé. Et j'ai le sommeil léger… Il existe assurément un passage plus discret, par ce caveau.

– Par ce… ce caveau ? Non, vous n'allez pas…

– Si.

– Moi je guette au dehors.

– Que nenni.

– Je vais sûrement défaillir et ne vous serai d'aucune utilité.

– Si tu défailles, je te pique.

Ardani avait déjà enjambé les sépultures et s'était promptement réfugié dans l'ombre des lions de marbre. Il adressa un signe impérieux à son valet, lequel le rejoignit en traînant les pieds.

– Pitié, laissez-moi ici ! Je suis encore si jeune !

– Si jeune mais rêvant voici peu de goûter à la grande vie de Venise et de conquérir les servantes peu farouches ? Est-on adulte à l'heure des plaisirs pour se réfugier enfant à celle des tracas ? Regarde, les gonds ont été récemment graissés...

Il força la serrure avec la pointe de sa dague. La grille s'ouvrit sans un bruit. Il descendit quelques degrés de pierre usée, suivi de près par Piccolmano tremblant. Il battit son briquet. La faible lueur dessina les parois d'un caveau où s'alignaient des dalles séculaires. S'emparant d'une torche, il y mit le feu et approcha des inscriptions en partie effacées.

– La lignée des anciens propriétaires du bastion, murmura le jeune homme. Les noms s'effacent du souvenir des pierres comme de celui des hommes. Remarquablement vite.

Il fouilla la salle jusqu'à son extrémité. Il tomba en arrêt devant une urne funéraire exposée au fond de l'alcôve.

– Une impasse ! se réjouit Piccolmano. Je suis sauvé. Retournons !

– Pas si vite, le rattrapa Ardani.

Il abaissa la flamme vers le sol.
– Regarde plutôt ces traces de pas récentes dans la poussière. Explique-moi de quelle manière elles disparaissent sous ce mur !
– Avez-vous décidé de me geler les sangs ?
Ardani inspecta soigneusement les contours de la niche. Puis il s'attaqua au socle de l'urne, cherchant à le mouvoir. Il sentit sous ses doigts une pierre saillante qu'il pressa. Aussitôt le pan s'effaça, glissant sur quelque mécanisme.
– Nous commettons sacrilège sur sacrilège, se lamenta Piccolmano en contemplant avec terreur l'ouverture béante.
– Non, aucun sacrilège, simplement un système de roues, de ressorts et de poulies, qui porte la signature d'un grand ingénieur : Léonard de Vinci.
– Notre coupable ?
Ardani éclaira le corridor.
– Regarde cette architecture, mon ami. Ce dénivelé, cette habileté dans l'inclinaison des parois. Mais surtout, plus encore…
Il s'accroupit pour effleurer le sol des doigts.
– Eh quoi ? s'inquiéta Piccolmano.
– Que t'ai-je donc enseigné, tête de moineau ? Ne vois-tu pas ? Nous sommes ici sous le niveau des eaux, mais rien, pas une goutte d'eau… Que sais-tu de Léonard de Vinci ?
– Euh… C'était un peintre, vous me l'avez assez répété ! Vous ne jurez que par lui !

– Pas seulement, de Vinci était un génie universel qui explora maintes disciplines et excella en toutes : l'anatomie, l'optique, la mécanique. Quand il séjourna à Venise, il était déjà un expert reconnu en fortifications et procédés de toutes sortes visant à assurer la sécurité des cités en cas d'invasion. Le doge de l'époque l'avait invité à réfléchir sur la meilleure manière de protéger la Sérénissime. Mais aucun des plans, jugés trop coûteux, ou trop excentriques, ne fut jamais mis en œuvre.

Piccolmano regarda autour de lui avec effroi.

– Il est mort et bien mort, n'est-ce pas ?

– Son corps est poussière, mais reste l'esprit, Piccolmano ! Contemple : l'architecte de ce passage connaissait les techniques du maître dans le moindre détail. Il les a appliquées à la perfection.

Durant de longues minutes, les deux hommes remontèrent la galerie. Ils aboutirent dans une salle circulaire au centre de laquelle se dressait un caveau massif, surmonté d'un gisant en prière. Ardani fit le tour de la sépulture anonyme, avant d'inspecter le plafond. En avisant le colimaçon qui s'y trouvait soudé, un sourire naquit sur ses lèvres :

– J'avais vu juste. Nous sommes sous la chapelle du monastère, plus précisément sous la stalle. Comme je l'avais supposé, il existe bien un passage permettant aux moines de descendre ici sans être vus. Je l'aurais sûrement découvert si je n'avais pas été interrompu... Je me disais aussi que la cavité était bien trop importante pour n'habiter qu'un mort, fût-il saint. Voici le dernier refuge du très aimé frère Armando, embaumé par les bons soins de notre regretté gredin, Benvolio. Et aussi le point de départ de toute cette affaire. Il ne me manque, pour vérifier ma théorie, qu'une autre pièce, un autre passage, qu'importe. Ah, cherche, Piccolmano, cherche ! Ou tout s'écroule !

Les deux hommes inspectèrent fiévreusement la paroi. Mais Ardani dut s'avouer vaincu.

– Que ne suis-je frappé par la foudre pour éclairer mon misérable cerveau. Pourtant je le sens, nous y sommes ! Où est-ce ?

– Peut-être aurions-nous dû...

– Silence, laisse-moi réfléchir.

Son regard s'arrêta soudain sur le gisant à la figure longue et sévère, sur ses mains jointes, bien droites, telle l'aiguille d'une cathédrale.

– Ah, je suis le pire des idiots !

Il bondit sur la sculpture funéraire et manipula un à un les doigts de pierre. Comme il forçait les deux pouces, ceux-ci plièrent. Dans le même temps, la tombe pivota avec un grondement sourd, découvrant un escalier souterrain.

– Logiquement irréfutable, jubila le cavaliere.

Piccolmano étouffa un cri :

– Mon Dieu, qu'avez-vous fait ?

Ferrucio Ardani sauta à bas de la sépulture, triomphant. Torche en main, il s'enfonça dans l'ouverture béante.

– Pas moi, se récria Piccolmano. J'en mourrai, c'est sûr !

– Eh bien, reste ici à guetter. Mais ne compte pas que tes frayeurs de vieille femme me feront ralentir !

Il descendit avec précaution l'éventail des marches usées, au bas desquelles il découvrit une salle basse soigneusement dallée. Levant sa torche, il ne put retenir une exclamation. Érigés sur des chevalets, des fragments de toiles inachevées évoquaient plusieurs aspects de Venise. Le Gran Canale, le palais ducal, se dévoilaient dans une perspective sublime dont la pénombre du lieu paraissait se rendre complice. Ardani sentit une profonde émotion s'emparer de lui. Ce travail sur l'ombre et la lumière, cette manière de rehausser les coloris par de subtils contrastes, il eût reconnu cet art entre mille.

Mais déjà son attention se portait sur une bibliothèque où s'alignaient de nombreux manuscrits. Il s'approcha le cœur battant.

Chaque ouvrage, gravé sur son dos en vieux cuir d'un chiffre romain, laissait affleurer des parchemins jaunis... Dévoré par la curiosité, Ardani coinça sa torche dans un anneau mural et s'empara de l'un d'eux. À mesure qu'il le feuilletait, la stupeur, l'incrédulité, puis l'admiration le plongèrent dans un état d'exaltation tel qu'il ne refréna qu'à grand-peine son envie de sauter sur place. À cet instant précis, il entendit un bruit de pas précipités.

– Maître ! Maître ! J'entends des pas au-dessus ! Vite !

Ardani le dévisagea stupidement, incapable de bouger. Son valet le secoua par le bras.

– M'entendez-vous ? Quoi ? Avez-vous la fièvre ?

– Ah, Piccolmano !

– Ma parole, on dirait que vous avez retrouvé la foi !

Ardani glissa les canevas sous son manteau.

– Tu as raison. Filons...

Poussant son valet devant lui, il se hâta vers l'escalier, s'avisa qu'il oubliait sa torche, revint sur ses pas.

– Vite, maître... Je vous en conjure !

Ils n'eurent que le temps de remettre la sépulture en place et de se rejeter dans l'ombre de la galerie. Au même instant, deux torches apparurent, révélant deux personnages. Le premier portait la bure sévère des Frères de la Vraie

Croix. L'autre dissimulait son aspect sous un manteau bien plus riche, ourlé d'argent, dont le capuchon était rabattu sur son front. Le moine parut traversé d'un soupçon car il regarda avec insistance en direction du corridor.

Ardani reconnut sur-le-champ frère Gaëtano.

– Eh bien, lui lança l'inconnu sur ses pas. Qu'avez-vous ?

– Rien. Il m'a semblé. Un courant d'air...

– Vous êtes trop nerveux. Vous surestimez l'intelligence d'Ardani.

Ardani retint son souffle. Cette seconde voix lui était familière.

– Croyez-vous ? S'il s'est risqué dans la chapelle, la nuit dernière, c'est qu'il a conçu des soupçons à notre endroit. Craignons qu'il n'ait découvert le passage. Remarquable jeune homme. Esprit vif...

– Dont il conviendra de nous débarrasser.

– Le temps presse. Il nous faut sans tarder déplacer le trésor.

– Ma galère mouillera à quelques encablures dès l'aube.

– Il sera peut-être trop tard. Que ne l'avez-vous fait ce soir ?

– Impossible sans éveiller les soupçons ! Imaginez si Venise soupçonnait notre transaction... D'ailleurs la hâte n'est pas bonne conseillère. Laissez-moi une dernière fois admirer ces merveilles dans leur sanctuaire...

Le moine se tourna vers son hôte avec une expression sévère.

– Ne vous méprenez pas sur notre compte ! Nous ne sommes pas naïfs. Nous savons manier l'épée, nous aussi. Mieux vaudrait pour votre intérêt, tout puissant que vous soyez, remplir votre part du contrat.

– Doutez-vous de ma parole ? Vous me confiez le trésor. Ainsi, je tiens Venise dans ma main et me charge de faire valoir vos exigences auprès de qui vous savez. Avec un pareil atout dans ma manche, je serai très écouté, soyez-en sûr.

– Je ne vous fais pas confiance.

– Pourtant, je suis votre plus sûr protecteur désormais.

– Dites-vous que nous pourrions aussi bien convenir d'un accord avec les Turcs... À présent que Venise nous rejette, nous n'aurions aucun scrupule. Ils seraient sûrement ravis d'obtenir des renseignements aussi vitaux.

– À quoi cela vous servirait-il ? Traiter avec moi vous sera bien plus profitable, et à long terme. Songez que je puis vous éviter l'exil et l'excommunication qui vous guette. Je suis en mesure d'assurer la pérennité de votre ordre.

Frère Gaëtano baissa la tête, de toute évidence peu convaincu par les arguments de son interlocuteur.

– Que Dieu nous guide.

Il actionna le mécanisme du gisant et les deux hommes s'enfoncèrent sous terre. Ardani jugea qu'il en avait assez entendu. Il signifia à son valet qu'il était temps de rebrousser chemin dans la galerie.

Comme ils débouchaient dans la crypte, ils tombèrent nez à nez avec deux moines. Dans un éclair, Ardani reconnut Récalcitrant. Sans attendre qu'il réalisât la situation, il lui envoya son poing dans la figure. Puis saisissant le second par sa robe, le fit tournoyer et rudement heurter l'urne funéraire. Sous le choc, celle-ci se brisa et recouvrit le moine sonné de cendre grise.

Piccolmano considéra la scène avec horreur.

Ardani l'attrapa par le poignet et l'entraîna vivement vers la sortie. Ils émergèrent dans le cimetière et coururent parmi les tombes. Comme ils franchissaient la faille du mur, un cri d'alarme résonna derrière eux. Ils foncèrent à travers la végétation, négligeant les branches qui les giflaient au passage. Par chance, la lune éclairait la lagune. Ils retrouvèrent leur chemin et aboutirent sur la grève, haletants. Joignant leurs forces, ils remirent la gondole à flot. Ardani s'arc-bouta sur la rame. Ils se trouvaient à quelques encablures du rivage lorsqu'une multitude de torches fleurirent parmi les tamaris pour se répandre tout le long de la côte.

– Il était temps, constata Piccolmano. Je n'aurais pas voulu tomber aux mains de ces moines !

Ardani lui céda la place.

– Cap sur Venise ! Souque ferme, garçon.

– Qui ? Moi ? À Venise ? Par cette purée de pois ?

– Nous allons nous relayer, n'aie crainte.

– Mais comment nous repérer ? Nous pouvons tout aussi bien nous briser sur les digues !

– Ne t'inquiète pas de cela.

La brume se referma sur eux, les dérobant aux regards. Ardani se pencha par-dessus le plat-bord et trempa soigneusement deux foulards dans l'eau. Il noua le premier sur son visage et tendit l'autre à son valet.

– Vous vous donnez trop de mal, se moqua celui-ci. Avec cette purée de pois, nul ne nous verra. Inutile de nous cacher.

– Triple buse, imite-moi et plus un mot.

Les sens aux aguets, le regard mobile, il scruta les hauteurs. La nappe fuligineuse recouvrant la lagune donnait l'illusion que la gondole flottait sur un nuage. Seul le clapotis de l'eau troublait le silence. Parfois, à travers une brèche, luisait une poignée d'étoiles.

– Plus à tribord, conseillait alors Ardani, avant que le voile ne se referme.

Il relaya bientôt son valet glacé par l'humidité. Il commençait à désespérer de toucher au but lorsque les lumières de Venise trouèrent les vapeurs devant eux. Ils se congratulèrent avec enthousiasme, sans souci de l'étiquette. Quelques ultimes coups de rame et ils abordèrent sur la Piazzetta. Ils bondirent sur la jetée.

– Nous sommes sauvés ! s'écria Piccolmano.

À peine avait-il prononcé ces mots que la brume se déchira au-dessus d'eux. Une ombre gigantesque, fantomatique, les recouvrit. Un nuage de poudre verte colora les dalles. Ardani n'eut que le temps de plaquer Piccolmano au mur de l'embarcadère.

– Ne respire plus !

La créature s'éloigna. Ils attendirent un instant, puis Ardani arracha leurs foulards et les jeta.

– Si nous ne les avions pas portés, c'en était fait.

– Le démon, glapit le valet. C'était lui ! Dieu tout-puissant !

– Cesse de brailler. Garde ceci pour moi...

Il lui tendit le manuscrit dérobé dans la pièce secrète.

– Mon garçon, tu tiens Venise entre tes mains.

– Quoi ? Où allez-vous ?

– Me crois-tu homme à me laisser empoisonner par deux fois sans rien dire ? Fonce sous les arcades du palais, tu y seras à l'abri. Va...

Et l'incitant du geste autant que de la parole,

il le poussa dans l'escalier.

Quand il fut certain qu'il était à l'abri, il scruta les environs. Le démon n'était plus en vue. Alors il s'élança à terrain découvert. Il n'avait pas développé dix foulées qu'il entendit à nouveau le claquement des ailes. Il vira à angle droit, échappant de justesse à un nouveau nuage vénéneux, et se réfugia dans l'ombre de la tour de l'Horloge. Essoufflé, il chercha à deviner de quel côté le démon avait bien pu fuir. De longues minutes s'écoulèrent et brusquement, il perçut sa présence...

Il leva lentement les yeux.

Juste en aplomb, trônant telle une terrifiante gargouille au sommet du clocher, la créature cherchait sa proie d'un regard jaune, luisant de férocité. Ardani dut rappeler à lui tout son courage. À l'évidence, il n'avait pas été repéré. Il fit jaillir sa dague dans sa main et entreprit de forcer la serrure de la porte d'entrée. Le battant s'entrouvrit. Aussitôt, il se faufila dans le vestibule et gravit les escaliers sans un bruit.

Quand il déboucha sur la rotonde, il se figea.

En équilibre sur le balustre, le démon lui tournait le dos. Les ailes déployées, prêt à prendre son essor, il épiait le moindre mouvement sur la place. Il n'entendit pas le jeune homme se glisser derrière lui. Quand il décela sa présence, Ardani avait déjà bondi. Le démon poussa un cri sauvage et se jeta dans le vide.

Le cavaliere ouvrit la bouche sur un cri muet, mais ne lâcha pas prise. Solidement accroché à la jointure de ses membranes, il lui porta un coup de lame dans le flanc. La bête tenta désespérément de le désarçonner. Monture et cavalier tourbillonnèrent dans la nuit, perdant rapidement de l'altitude, frôlant dangereusement la cime de la basilique. Ils remontèrent en flèche, puis replongèrent, enlacés dans un corps à corps mortel. En avisant le dallage de la place se rapprocher à vitesse vertigineuse, Ardani sentit son cœur remonter dans sa gorge. À l'ultime moment, le monstre redressa sa folle trajectoire, louvoya entre les façades, frôla les colonnes jumelles.

Ardani tint bon.

L'une des ailes fut arrachée et virevolta. Le démon partit en vrille, piquant droit vers le canal. Quand le ruban d'eau noire se rapprocha, Ardani crut sa dernière heure venue...

Il ferma les yeux en murmurant :

– Iolanta...

Ecco il demonio

– Messeri les sénateurs, messeri les membres du Conseil, j'ai sollicité cette réunion en grande urgence pour le motif que l'enquêteur, chargé par nous d'apporter toute la lumière sur le meurtre crapuleux de l'embaumeur Benvolio, affirme avoir découvert l'identité de son auteur et en apporter la preuve devant vous.

Le regard impénétrable du doge pesa sur l'assemblée, interrompant les commentaires qui couraient déjà.

– Que l'on fasse entrer le cavaliere Ferrucio Ardani.

Les deux battants de la grande salle du Conseil s'ouvrirent et le jeune homme en pourpoint de velours écarlate s'engagea dans l'allée des hallebardiers.

Il s'inclina brièvement devant les gradins occupés par les sénateurs et hauts membres du Conseil… non sans grimacer car plusieurs de ses côtes le faisaient encore souffrir. Il vérifia rapidement si les personnalités dont il avait requis la présence étaient bien là.

Le comte Landolfini, l'air détaché, laissait son regard errer au plafond. L'inquisiteur Ronconi manifestait une impatience agacée. Quant au frère Gaëtano, peu habitué à une telle effervescence, il s'était retranché dans une immobilité prudente, tête baissée, les mains jointes.

Ardani se tint au centre, visible de tous, et lança en guise de préambule :

– Noble assemblée, j'ai reçu mandat, par la plus haute autorité de la Sérénissime, de découvrir l'auteur d'un meurtre. Ma tâche est achevée. J'entends révéler devant vous les faits tels qu'ils se sont déroulés. Le coupable involontaire de cette affaire est un puissant génie, un visionnaire qui a pour nom Léonard de Vinci. Il fut l'hôte illustre de cette cité voici près de quarante ans pour en concevoir des plans de défense, art dans lequel il était un expert reconnu. La Sérénissime, alors grandement menacée, cherchait mille moyens pour contrer nombre d'ennemis avides de ses richesses, venus de terre ou de mer. Il est de notoriété publique que de Vinci mit au point ces plans de défense et de fortification pour Venise, certains efficaces, d'autres extravagants. La plupart dorment, je suppose, à l'abri dans ce palais, hors d'atteinte. Le grand ingénieur séjourna brièvement sur l'île Sans Nom, chez un seigneur qui l'hébergea dans ce qui deviendrait plus tard le monastère des Frères de la Vraie Croix. Ce n'était à l'époque qu'une forteresse défendant l'entrée de la lagune, propriété d'une riche famille aujourd'hui éteinte dont le nom a été oublié. Il faut croire que le site l'inspira car il y laissa, outre des esquisses somptueuses, de nombreux croquis et travaux…

– À quoi rime ce long discours ? l'interrompit l'inquisiteur Ronconi. Nous connaissons la réalité historique de ce séjour… Où cela conduit-il ?

Sans s'émouvoir, Ardani poursuivit.

– Les stratèges savent qu'il n'est de meilleur moyen, pour assurer la fiabilité d'un plan de défense, que de concevoir, pour le prendre en défaut, un plan d'attaque. Ainsi procéda de Vinci, dont l'imagination hors norme ne connaissait jamais le repos. Il mit à l'épreuve sa propre ingéniosité et conçut une formidable manœuvre pour se tester. Il défia ses audaces par d'autres audaces, déjoua ses pièges par d'autres pièges, et parvint à se vaincre. Il détruisit, en esprit, Venise et sa gloire…

Mais déjà son destin hors du commun l'appelait ailleurs, à Rome, à Florence, en France. Il confia au doge ses travaux de défense. Toutefois, pour une raison ignorée, pas le plan d'attaque. Soit qu'il le considérât comme simple jeu de l'esprit, soit tout bonnement irréalisable… Il le céda à son hôte de l'île Sans Nom, sans doute contre pièces sonnantes et trébuchantes… Ces documents furent pieusement conservés, à l'insu de l'autorité ducale. Il faut voir dans cette dissimulation non une mauvaise intention mais une vénération pour l'artiste. L'hôte fit mieux. Il se mit en devoir de réaliser certains des projets : passages secrets, salles souterraines, portes mues par ressorts et d'autres canevas plus étranges encore, défiant l'imagination. Hélas, la malaria frappa l'île Sans Nom et emporta l'amateur éclairé. Le secret se perdit, jusqu'à certaine nuit de printemps, en l'an de grâce 1536.

Depuis maintenant près de vingt ans, une communauté religieuse, les Frères de la Vraie Croix, occupe l'île. Elle vient de perdre son supérieur, le vénérable frère Armando, considéré comme un saint. Frappée de douleur, elle fait appel à l'embaumeur Marcello Benvolio afin qu'il prépare dignement la dépouille. Pendant ce temps, les frères ont commencé à creuser une sépulture sous la chapelle…

Messeri, l'expérience m'a enseigné que tout crime provient souvent d'un changement soudain dans la situation des protagonistes. Confronté à une énigme, la première tâche de l'enquêteur est de s'informer si un fait inhabituel s'est produit dans l'entourage de la victime... Car ce changement, bien souvent, agit comme une étincelle près d'un tonneau de poudre.

Dans notre affaire, l'étincelle se produit lors des travaux sous la chapelle. En creusant, les frères découvrent le trésor qui dort sous leurs pieds depuis tant d'années. Ils comptent parmi eux des érudits, des fins lettrés. Ils n'ont aucune peine à comprendre sa valeur inestimable d'autant qu'en explorant le passage secret qui conduit au cimetière, ils tombent sur d'étranges engins, de curieuses trouvailles qui semblent défier le temps.

Ils en oublieraient presque les deux embaumeurs, Benvolio et Abelardo, qu'ils logent en leurs murs. Ceux-ci ont des yeux pour voir et des oreilles pour entendre, une langue à l'occasion, pour répéter. Ces fouilles prolongées attirent leur curiosité. Ils finissent par apprendre la raison de cette soudaine effervescence.

En bon informateur, Benvolio pense que l'information vaut son pesant de ducats.

Il retourne à Venise, demande audience au doge. Trop gourmand, il se heurte à une porte close. Désemparé, il se tourne vers le comte Landolfini et l'appâte par des bribes. Un plan d'attaque de Venise, détenu par des moines de mauvaise réputation… quelle aubaine pour un homme rêvant du pouvoir suprême… Mais l'information complète – l'emplacement du document, dans une salle située sous la stèle – vaut cher. Le comte demande à réfléchir…

– Non pas, cavaliere, l'interrompit négligemment Landolfini. Ma décision était prise. Seulement je ne disposais pas de la somme et me suis contenté de donner une avance à Benvolio, lui promettant le reste plus tard. En échange, il m'a demandé protection. Je lui ai envoyé un Florentin arrivé de fraîche date, un certain Renato, qu'il a embauché dans son atelier…

– Je vous remercie pour ces précisions, qui expliquent mieux les raisons pour lesquelles vous montriez si peu d'empressement à me voir intervenir et les moyens répréhensibles dont vous avez usé pour tenter de me renvoyer à Vérone…

Le visage du comte s'assombrit. Le doge se tourna vers lui.

– Comte, avez-vous mesuré vos paroles ? Je prends cela pour un aveu…

Landolfini haussa les épaules.

– Permettez que je poursuive, Votre Seigneurie. Et il sera toujours temps de payer ensuite chacun selon son dû. Sur mon ordre, ces hallebardiers ne laisseront sortir personne avant que j'en aie terminé. Donc cette douteuse transaction avec Benvolio ne voit jamais le jour. L'embaumeur, par une nuit de pleine lune, est assassiné devant le palais par une créature aussi cruelle qu'effrayante... Un démon, ainsi que l'a désignée l'inquisiteur ! J'accuse ici le frère Gaëtano d'être le commanditaire de ce meurtre, de celui d'Abelardo, et d'un malheureux batelier qui eut le tort de s'approcher trop près de l'île et servit de cobaye à une technique de meurtre proprement inimaginable, dont je faillis moi-même être la victime.

Frère Gaëtano a vite compris tout le profit qu'il pouvait tirer pour sa communauté, menacée d'expulsion, des travaux de Léonard de Vinci. Il tient la sécurité de Venise entre ses mains, comme je la tiens moi-même en cet instant...

Ardani tira de sa chemise le manuscrit relié de cuir.

– Ce plan est si détaillé qu'en le suivant jusque dans ses infimes détails, je pourrais réduire Venise à néant avec seulement une poignée d'hommes bien entraînés. Si quelque général turc en avait connaissance, ce serait la fin de la Sérénissime. La moindre de ses failles y figure. Inimaginable au temps de Léonard de Vinci, l'assaut mené avec nos moyens modernes trouverait une victoire certaine. Sans vous dévoiler sa teneur, il suffirait d'attendre l'acqua alta, ces eaux hautes qui menacent annuellement Venise, de guetter donc une marée de grande amplitude associée à une crue des rivières alimentant la lagune… Certain explosif, concentré sur des points faibles des digues, et vos palais seraient noyés en une nuit. Pire encore, l'inondation pourrirait les puits d'eau potable et le choléra ou la malaria achèveraient d'anéantir une population terrifiée sous le feu d'une canonnade nourrie. Une simple flotte au large se contenterait d'assister à la fin inéluctable… avant de prendre possession d'une ville morte.

Un silence stupide figea l'assistance. Ardani considéra longuement l'enveloppe de vieux cuir puis, s'avançant vers le doge, la lui remit d'un geste solennel. Sans le quitter des yeux, il glissa insidieusement :

– Croyez bien, Votre Seigneurie, qu'il me coûte de m'en séparer…

Ronconi s'était de nouveau dressé.

– Que le cavaliere achève donc ! Nous ne sommes point au théâtre ici, qu'il nous impose des effets ! Il ne fait aucun doute que le Malin est derrière tout cela et qu'il a agi par l'intermédiaire de ces moines indignes. Et il n'aurait pu agir de la sorte si Venise n'était si complaisante avec les hérétiques et les débauchés ! Dès mon retour à Rome, je parlerai de ce que j'ai vu et entendu ici. Des théories diaboliques qui s'y développent, et des esprits mécréants qui s'y complaisent.

Ardani se tourna vers lui, apaisant les réactions de colère que cette sortie suscitait dans l'assistance.

– Vous avez raison, inquisiteur. Un démon était à l'œuvre.

– Ah ! Vous l'avouez enfin !

Ardani fit un pas dans sa direction :

– L'avez-vous assez répandue en ville, cette terrible menace ! Soit ! Que l'on fasse entrer le démon de San Marco !

La porte s'ouvrit et Piccolmano, assisté de deux hallebardiers, poussa un chariot recouvert d'un drap jusqu'au centre du cénacle.

D'un geste théâtral, Ardani retira l'étoffe, suscitant un cri de stupeur parmi l'assistance. Un nain, sanglé dans un corset de cuir hérissé d'attelles en bois disloquées, agita mollement les longues membranes qui lui tenaient lieu d'ailes. Son visage cireux annonçait sa fin prochaine.

Quoique pansée, la blessure infligée par la dague d'Ardani était visible sur son flanc. Il était encore conscient et laissait échapper des borborygmes douloureux.

– Ecco il demonio ! s'écria le cavaliere. Un pauvre nain du nom de Vitto, serviteur muet de frère Gaëtano ! Grâce à un appareillage insensé, unique, en avance de plusieurs siècles sur notre temps, ces ailes permettent de flotter dans les airs en s'orientant à volonté sur un souffle de vent. Cette œuvre fut réalisée d'après les croquis de Léonard de Vinci. Les moines l'utilisèrent pour entretenir la terreur parmi les habitants de la lagune et maintenir les curieux à distance. Le faible poids et l'habileté de ce petit homme ont fait le reste. Il pouvait atteindre Venise en quelques coups d'aile et, avec une précision inouïe, verser sur sa victime, du haut du ciel, un poison que les Frères de la Vraie Croix ont rapporté de leur croisade, nommée par les spécialistes la moutarde de Saint-Jean-d'Acre...

– Il faut brûler cet avorton ! s'enflamma l'inquisiteur en approchant du blessé. Il a conclu un pacte avec le diable !

– Ne vous donnez pas tant de peine, rétorqua Ardani. Il n'en a plus pour longtemps à vivre. D'ailleurs il n'est qu'un instrument. Honte à ceux qui, se prévalant de Dieu, ont conçu aussi noir, aussi odieux dessein. Frère Gaëtano, qui exhortez à la vraie foi, vous avez ordonné des meurtres, et vous vous apprêtiez à vendre la cité qui vous accueillit voici vingt ans à l'un de ses plus mortels ennemis. À quelqu'un qui est ici, dans cette assistance !

Chacun dévisagea son voisin. Le regard d'Ardani courut parmi les gradins, se fixa sur le comte Landolfini qui feignait toujours le désintérêt, puis s'arrêta définitivement sur l'inquisiteur, debout face à lui.

– Vous. Vous qui êtes spécialement venu de Rome pour constater la réalité de cette découverte et négocier sa possession dans l'espoir de tenir une arme terrifiante contre la dernière cité d'Europe à s'opposer à votre mainmise.

Le tumulte atteignit son comble. Ronconi devint pâle comme un mort.

– Vous osez...

– On peut imaginer quel odieux chantage se préparait ! Venise la libérale, Venise la débauchée ainsi que vous la surnommez avec tant d'ardeur, contrainte à l'humiliation et à la barbarie ! Et l'on aurait vu, sur la piazza San Marco, s'élever vos maudits bûchers, les flammes éclairer la nuit et les suppliciés se tordre de douleur. Que Dieu nous préserve d'une telle ignominie.

Ronconi tendit vers lui un doigt accusateur, tandis que dans son autre main il brandissait un rouleau scellé par un cachet rouge.

– Mensonge ! Mensonge d'hérétique !

– Mensonge ? Quand je vous ai vu la nuit dernière au monastère, mettant la dernière main à vos tractations ?

– Cet homme est habité par le diable ! Voici un mandat d'arrêt, contresigné par le Grand Inquisiteur en personne, mandat qui vient de Rome et m'autorise à l'arrêter séance tenante pour hérésie et commerce avec Satan ! Votre carrière s'achève, Ardani.

Les soldats de sa suite firent mouvement vers le cavaliere qui déjà mettait la main à l'épée. Mais le doge, s'extirpant avec peine de son siège, s'interposa. À la vue du vieillard dressé, le regard furieux, les hommes d'armes reculèrent.

– Qu'est-ce à dire ? gronda Andréa Gritti. Vous oseriez ? Ici, en mon palais et en ma présence ? Cette fois, vous avez dépassé les bornes !

À cet instant précis, un battement d'ailes leur fit lever les yeux à tous. Par l'une des croisées laissées ouvertes venait de s'engouffrer une colombe blanche. Elle tourbillonna au-dessus d'Ardani et chut lourdement sur le carrelage, sans vie. Le jeune homme s'agenouilla et prit tristement Esmeralda sur sa poitrine.

– Chère âme, j'ai trop présumé de tes forces. Pardonne-moi.

Il détacha le message qu'elle portait enroulé autour d'une de ses pattes et se releva lentement.

– Cet oiseau me fut offert par Sa Sainteté le pape avec ces mots : « Si un jour l'Église qui vous doit tant, oublieuse des services que vous lui avez rendus, venait à menacer vos droits ou votre vie, renvoyez-moi cette colombe. Je saurai que vous êtes en danger. »

Il se tourna vers Ronconi.

– Vous parlez d'un ordre de Rome, inquisiteur ? lança-t-il d'une voix tremblante de colère. En voici un autre... frappé du sceau papal. Une grâce. Que je sache, l'Inquisition elle-même doit courber le front devant l'autorité du Saint-Père !

Le doge intervint :

– Père Ronconi ! Comme hôte, vous n'êtes plus désiré en nos murs. Mieux vaut pour vous et votre suite quitter Venise sans attendre. Je crois d'ailleurs que votre galère s'apprêtait à lever l'ancre.

Écumant de rage, le dominicain fit un signe à son escorte et prit le chemin de la sortie. Sur le seuil, il se retourna une dernière fois.

– Nous nous retrouverons sûrement, Ardani. Je vous le promets...

La porte se referma sèchement sur son faciès déformé par la haine. Le frère Gaëtano, qui était demeuré jusqu'ici silencieux, se leva lentement et parcourut l'assemblée d'un regard de marbre.

– Ce que j'ai décidé, il fallait le décider, déclara-t-il. Ce que j'ai commis, il fallait le commettre. Vous ignorez ce que signifie être pourchassé pour ce que l'on croit juste. Je suis prêt à tout pour la survie de mon ordre. Nous pensions avoir trouvé la paix sur cette lagune. Mais la rumeur que Sa Seigneurie le doge voulait nous en chasser, sans doute pour plaire à Rome, nous a fait perdre la tête. Ce trésor sous la chapelle nous est apparu comme un signe de Dieu… Nous qui avons combattu en Palestine, chassé les Infidèles de Jérusalem, nous qui nous sommes recueillis devant le tombeau du Christ, nous sommes désormais bien peu nombreux. Et vous nous chasseriez, telle l'ordure qu'on vide à la mer ?

Andréa Gritti dut s'appuyer aux accoudoirs de son siège tant son émotion était forte :

– Votre ordre et vous, soyez maudits. Je vous chasse sans espoir de retour. Qu'on arrête cet homme ! Et par la même occasion, qu'on s'empare du comte Landolfini dont le rôle trouble dans tout cela n'est pas compatible avec sa charge de conseiller. Qu'il soit déchu de ses titres et de ses biens, lesquels reviendront à qui consentira à le désarmer…

Comprenant qu'il était perdu, le comte éclata soudain de rire. Il se leva et tirant son épée, toisa l'assistance :

– Je reconnais là le talent de Votre Seigneurie pour écarter les indésirables. Le prétexte pour me jeter en disgrâce est faible, mais suffisant pour éloigner à jamais l'ambition qui était mienne... Messeri, je crois que vous venez de perdre votre futur doge. Qui osera m'affronter, voyons un peu ?

Les gardes allaient intervenir, quand Ardani fit jaillir sa rapière et se posta devant son vieil ennemi.

– J'affirme devant tous, Landolfini, que vous avez ourdi un complot contre mon père il y a dix ans, en l'accusant de se livrer à certaine contrebande de bois avec Gênes. C'était vous qui étiez à la tête de ce trafic. Pas de chance. Une plume de cette colombe aura fait pencher la balance du mauvais côté.

– Qu'importe à présent. C'était moi, en effet. Je haïssais votre père pour l'importance trop grande qu'il prenait chaque jour auprès du doge. Qui sait, si je n'y avais mis bon ordre, si nous n'aurions pas aujourd'hui un Ardani pour doge ? Je ne crains pas les aveux. De toute manière, je suis perdu. Dommage que ces plans ne soient pas tombés entre mes mains. Je tenais mon élection à coup sûr.

Il fit un pas vers Ardani et, sans prévenir, cisailla les airs de son fer avec une rage effrayante. Le jeune homme pris de court n'eut que le loisir de parer.

– Toi, maudit bâtard ! Tu voulais ta revanche ?

Roulant des yeux fous, le comte se mit à enchaîner fente sur fente, repoussant son adversaire sur la terrasse. Débordé, Ardani dut s'adosser au balustre. La lame virevoltante du comte le cernait de toutes parts. Il ne trouva son salut qu'en bondissant sur le muret et courut le long du vide. En bas, les passants s'arrêtèrent et le désignèrent du doigt, stupéfaits.

Ardani avait présumé de son état. Ses côtes douloureuses, bien que bandées, lui tirèrent une grimace. Un instant d'inattention et sa chausse dérapa. Il battit des bras, perdit l'équilibre et ne se rattrapa qu'in extremis à une oriflamme, dont le tulle, sous son poids, se déchira à moitié. Il demeura un instant suspendu entre ciel et terre, puis imprimant un mouvement de balancier à son corps, se rétablit sur le parapet. Landolfini l'attendait de pied ferme et tenta de lui couper les jarrets. Il n'ébrécha que la pierre. Ardani avait déjà glissé le long de la corniche.

Le comte le poursuivit :

– Pourquoi te dérober ? N'est-ce pas le moment de vider querelle ?

Le cavaliere sentit le souffle brûlant de l'acier caresser son visage. Il porta la main à sa joue et la retira rougie.

– Voilà une balafre qui te restera, le railla le conseiller en levant déjà l'épée.

Pour échapper à l'assaut, Ardani se glissa à l'extérieur, derrière un pilastre, provoquant des cris dans la foule. Il se rattrapa de justesse, feinta les fentes vicieuses de son adversaire puis parvint enfin à se rétablir sur la terrasse.

À nouveau Ardani dut subir, rompant sans cesse, abandonnant le terrain pouce après pouce. Mais cette fois, il serra davantage sa garde, parant et détournant avec moins d'amplitude, cherchant insidieusement à essouffler le comte aveuglé par sa haine. À ses coups de boutoir, il n'opposait plus que de savantes tierces, contrôlées par le poignet. Soudain, il réduisit la distance et soutint le corps à corps. Les fers enlacés crissèrent, les regards enflammés s'affrontèrent. Ardani repoussa fermement son adversaire et ce fut à son tour de prendre l'initiative.

Il feinta en sixte, se baissa puis revint en sixte. Le comte se fendit, mais sa lame siffla dans le vide.

Visant son flanc découvert, Ardani piqua la botte qu'il préparait depuis un certain temps et toucha. Landolfini poussa un cri, cisailla les airs à larges coups.

Le jeune homme s'était déjà remis en ligne. Il détourna ses moulinets puis, se fendant avec la vivacité d'un feu follet, il le transperça en plein cœur.

Le comte ouvrit la bouche, tomba à genoux avant de rouler sur le côté. Un curieux sourire naquit sur ses lèvres comme Ardani se penchait au-dessus de lui.

– Dommage, murmura-t-il. Je crois qu'au fond je vous aimais bien. Quittez cette ville maudite, elle n'est pas faite pour vous.

Le sourire s'effaça. Ardani lui ferma les yeux.

– Ignoble canaille, murmura-t-il.

Puis brusquement, la tête lui tourna et il dut s'adosser au mur.

Épilogue

– Maître ! Maître !

Piccolmano grimpait quatre à quatre les escaliers, une main serrant son chapeau, l'autre un panier d'oranges qui menaçait à tout moment de répandre son contenu. Dans sa hâte il trébucha, se heurta à la rampe, mais rien ne semblait devoir freiner son élan.

– Maître ! Maître ! continua-t-il de s'époumoner.

Il déboucha tout essoufflé dans l'atelier aux tentures tirées. Seule une chandelle mourante éclairait les lieux. Absorbé dans la contemplation de sa toile, Ardani ne prêta aucune attention à son intrusion. Observant la plus parfaite immobilité, il demeura dans sa position fétiche, la tête en bas.

Sous l'effet de son intense concentration, ses yeux n'étaient plus que deux fentes luisantes et sa bouche un trait de plume.

– Maître, par pitié, il faut que vous m'écoutiez ! Vous ne devinerez jamais qui est en ville !

Ardani ne broncha pas. Piccolmano se griffa les joues d'impatience puis, soudain traversé d'une pensée, il retrouva son calme, tira une chaise à lui et mordit dans l'une des oranges.

– Bien. Comme vous l'entendez !

Un long moment s'écoula, durant lequel seul le murmure de la fontaine dans la cour fut audible. Soudain Ardani se remit d'aplomb. Il saisit sa palette, barbouilla dans plusieurs couleurs, puis apporta une touche infinitésimale sur la ligne d'horizon mille fois recommencée.

– Cette fois, je le tiens ! s'exclama-t-il.

Quand il eut fini de gouacher avec fougue, il recula d'un pas et, satisfait du résultat, jeta palette et pinceau sur la tapisserie la plus proche.

– Voilà ! exulta-t-il en se tournant vers son valet. Il ne suffisait pas d'incliner la ligne de fuite de quelques degrés, encore fallait-il épaissir ces ombres autour de la jetée... Qu'en penses-tu ?

Piccolmano feignit le désintérêt le plus total.

– J'en dis que cela ressemble toujours à un crépuscule et non à un lever du jour.

Il mit une main devant sa bouche et prétendit bâiller.

– Je me suis levé tôt. Je retournerais bien me coucher.

Ardani passa une main dans ses cheveux, mécontent.

– Pourquoi cette toile m'échappe-t-elle ? Il doit y avoir quelque raison logique. Que l'esprit du grand Léonard de…

Piccolmano se récria :

– N'invoquez plus le nom de cet homme. Rien qu'en l'entendant, j'ai peur de mon ombre.

– Au fait que braillais-tu à l'instant ?

– Quand donc maître ?

– Quand tu es entré ici, maraud.

– Rien de bien intéressant.

Ardani le dévisagea, soupçonneux.

– Que caches-tu ?

– Ce que je cache ? Rien.

– Quelque nouvel ambassadeur vient-il nous trouver pour résoudre une nouvelle énigme ?

– N'est-ce pas vous l'enquêteur ? Voilà une chose étrange ! Je braille et vous me dites de me taire. Je me tais et vous me demandez de parler. Ce n'est pas logiquement irréfutable.

– Cesse ton jeu ! Je suis d'assez méchante humeur ce matin.

– C'est que vous n'avez pas ouvert les tentures. Le ciel est pure merveille. Vous aviez raison. Venise n'est pas une ville pour moi et depuis notre retour, je trouve à Vérone des charmes qui m'avaient jusqu'ici échappé.

– Tu ne m'as pas répondu…

– Vous avez raison, comme toujours. Un ambassadeur vient d'arriver, et je crois qu'il vous aidera à résoudre l'énigme qui vous occupe en ce moment.

– La seule énigme qui me tient en haleine est cette maudite toile !

– Justement.

– Que veux-tu dire ?

Soupçonneux, Ardani écarta les tentures. Ébloui par le flot de lumière, il cligna des yeux. Puis, à mesure que contours et couleurs s'assortissaient, il distingua une silhouette dans le jardin. Les mouches multicolores se dissipèrent, révélant l'apparition. Nimbée d'une clarté presque blanche où flottaient mille poussières de printemps, une jeune femme en costume de voyage étanchait sa soif à la fontaine. Elle laissa filer l'eau entre ses doigts, songeuse, puis leva la tête, comme si elle avait senti la caresse du regard posé sur elle.

Ardani sentit son cœur chavirer.

– Iolanta !

En deux bonds, il fut à la porte. Soudain, comme frappé d'une intuition subite, il revint au tableau et, avec le pouce, étala le bleu du ciel, répandit du jaune sur toute la longueur de la toile dans un geste inspiré. Avant que de descendre les escaliers quatre à quatre.

Piccolmano s'approcha pour contempler le résultat. Fasciné, il murmura :

– Il faut être un démon pour avoir réussi cela !

L'AUTEUR

Né en 1958 à Mont-de-Marsan, Michel Honaker est visité très jeune par le démon de l'écriture. Il s'intéresse à des genres aussi différents que le western, le policier ou la science-fiction. Il publie son premier roman en 1982 au Fleuve Noir et enchaîne dès lors plus d'une centaine d'ouvrages, tous marqués par son goût pour l'imaginaire et le fantastique.
Couronnés par de nombreux prix, ses titres tels que *La sorcière de midi*, *Le prince d'ébène*, *Croisière en meurtre majeur*, *Terre-Noire* et la série *Le Commandeur* sont devenus des classiques de la littérature jeunesse, tandis que ses biographies de grands compositeurs (*La symphonie du destin*, *Le chant des aulnes* ou *Concerto pour un magicien*) ont permis à un large public de se familiariser avec la musique classique – son jardin secret.
Il se consacre aujourd'hui à de grands cycles d'aventures qui touchent un public d'adolescents aussi bien que d'adultes.

DANS LA MÊME COLLECTION

Le fantôme de Sarah Fisher

Sarah se réveille... fantôme et veut découvrir pourquoi elle est morte. Convaincue d'avoir été assassinée, elle hante l'orphelinat où elle a vécu pour identifier son agresseur.

La sorcière de midi

Des enfants disparaissent mystérieusement du petit village perdu dans les neiges. Ed et Harold décident de défier la sorcière et s'enfoncent dans la forêt...

L'ordinatueur

Un ordinateur ultra sophistiqué peut-il tuer ? Logicielle, inspectrice à la police scientifique, doute. On vient pourtant de retrouver un sixième cadavre face à la terrible machine.

Surgi du passé

Arthur est contacté sur sa page Facebook par Lina, qui se prétend sa demi-sœur. Peu après, elle débarque chez lui pour l'informer de la disparition de leur père journaliste...

PAPIER À BASE DE FIBRES CERTIFIÉES

RAGEOT s'engage pour l'environnement en réduisant l'empreinte carbone de ses livres. Celle de cet exemplaire est de :
650 g éq. CO_2
Rendez-vous sur www.rageot-durable.fr

Achevé d'imprimer en France en décembre 2016
par Normandie Roto Impression s.a.s., 61250 Lonrai
Couverture imprimée par Boutaux, Le Theil-sur-Huisne
Dépôt légal : octobre 2011
N° d'édition : 5370 - 01
N° d'impression : 1605297